帝都のユリ

スィートバジル　原作
布施はるか　著
相川亜利砂　画

PARADIGM NOVELS 97

登場人物

立花《たちばな》多香魅《たかみ》　慎重派の作戦将校。クーデターには否定的。

野中《のなか》百合《ゆり》　薫付きの下士官。すなおで控えめな性格の少女。

大《おお》須《す》薫《かおる》　近衛連隊隊長代理。部下たちから慕われている。

有馬《ありま》五月《さつき》　近衛連隊隊長。現在は国防総省に出向中である。

安藤《あんどう》玲《れい》　実行派の指揮官。親友の薫に強い恋心を抱いている。

小島《こじま》沙織《さおり》　メカニック担当の技術将校。男嫌いのレズビアン。

昭成《しょうせい》　第252代帝皇。宮城に幽閉されているという噂がある。

御西《おにし》の方《かた》　大ジャポン帝国の太后。冷たい美貌の持ち主。

富士《ふじ》志朗《しろう》　内務省情報局少佐。通称『暁の狩人』と呼ばれる。

第３章　薫＆百合

第５章　玲＆沙織

目次

第1章　帝のハーレム

新緑の賑わいに心躍り、優しい陽差しの下で小鳥達が囀《さえず》り合う5月。

美しく整えられた芝の上を、心地よい風が渡る。風は、一見すると小さな公園にも思える庭を通り過ぎて行った。そこでは、ふたりの子供が剣戯に興じている。

しばらくして、ふたりは剣を収め、庭の隅にある木陰に腰を降ろした。

「やっぱり、剣の腕は、かほにはかなわないなぁ」

少年がポツリと言うと、横に座る同じ年頃の少女はニッコリ微笑《ほほえ》んで応じる。

「そんなことありません。わたしは5歳の時からやっていますし。殿下でしたら、わたしと違ってすぐにお上手になられますよ。それに、殿下は男の人ですし……」

少女は頬《ほお》を赤らめた。殿下と呼ばれたのは、大ジャポン帝国皇太子の寛人《かんじん》親王である。

寛人は、情操教育のため、名門貴族・大須《おおす》伯爵家に預けられていた。幼い皇太子にとり、目の前の少女、大須伯爵家のひとり娘である薫《かおる》は、よい遊び相手であり、ふたりは毎日のように文武の習い事をともにし、広い庭で戯れていた。

「でも、男とか女とか言っても、余とかほでは、あまり変わらないではないか」

寛人が薫の姿をまじまじと見つめる。生まれてすぐ母を亡くした薫は、以来厳格な父・大須功一郎《こういちろう》伯爵に男手ひとつで育てられて来た。むろん、伯爵家には住み込みの執事やメイドもいるので、必ずしも父だけに育てられたわけではないが、少なくとも母親の愛情は知らない。まして大須家は、誉れ高い武人の家系として伝統と格式を兼ね備えていた。

　そうした環境にあって、薫が深窓の令嬢が如《ごと》く育てられるはずもなかった。彼女は伯爵家を継ぐべき定めにあるのだから。皇太子の前に立つ少女は、やや装飾されたブラウスとゆったりとしたスラックスを身につけ、幼さの中にも気品のある顔立ちをしていた。それは寛人もまた同じで、確かにふたりの姿格好はあまり変わらない。

「余の知っている女というのは、皆胸が膨らんでいて、女専用の服を着ている。それに、柔らかくていい匂《にお》いがするのだ」

　薫は「まだ子供ですから」と反論する。寛人同様、同年代の異性をほとんど知らない薫は、出会って間もない皇太子に淡い恋心を抱いていた。ところが……。

「かほは本当に女なのか？」

　それはあまりにショッキングな問いかけだった。素朴な疑問なのだろうが、薫にとっては深刻な問題だ。自分を女と認めてもらいたい。その衝動が全身に疾《はし》った。

「あ、あの……、それなら証拠をお見せすれば、わたしを女とお認めいただけますか？」

　頷《うなず》いた少年の眼差しは好奇心に溢《あふ》れ、キラキラ輝いている。場の勢いでつい口にしてしまったが、薫は恥ずかしさでまっ赤になった。が、この少年、殿下になら女である証拠を見せてもいいとも思っていた。寛人を促し、薫は木立の中に入る。背の高い木々が周囲の目を遮ってくれることを確認した薫は、少年を振り返ると意を決したように服を脱いだ。

「かほ、証拠は？　証拠はどこ？」

薫は黙ったまま、ノロノロと自ら秘部を晒《さら》す。途端に、少年がすっ頓狂《とんきょう》な声をあげた。

「あれ？　何もない」

「いいですか、殿下。これが証拠です。女はここには、何もついていないのです」

恥ずかしさにうつむきながら、そう説明した。露《あらわ》になった秘部に視線を感じ、薫の身体は熱くなった。鼓動が耳の中で反響して鼓膜が破れそうだ。少年はしばらくの間、不思議そうに無垢《むく》なスリットを見つめていたが、やがて顔を上げると無邪気に口を開く。

「ならば余に、そこがどうなっているか触らせてくれぬか？」

薫は驚いて少年の顔を見た。瞬間、一点の曇りもない寛人の澄んだ瞳と目が合ってしまう。そんな瞳で見つめられては、拒むことなどできはしなかった。観念したかのように目を閉じ、身を委《ゆだ》ねようと思う。すると、出し抜けに木立の向こうから声が聞こえた。

「殿下っ！　殿下は、いずこにおられまするかっ⁉」

声の主は、薫の父・功一郎だった。薫は慌てて、庭へ出ていくよう促した。

「おぉ殿下、そんなところにおられましたか。大変でございます。一大事ですっ。お父君が……、帝様が、ご崩御なされました！　お早く宮城へお急ぎ下さいませ」

「父上が？」

「左様にございます。殿下、今日からあなた様が、この帝国の帝皇となられるのです！」

木立の外から、そんなやり取りが聞こえて来た。慌てた薫は、ショーツも上げずに梢《こずえ》の隙間《すきま》から庭を覗《のぞ》くが、そこにはもう誰の姿もなかった。少女はゆっくりと瞼《まぶた》を閉じる。

自然と涙が溢れた。もう二度と会えないかも知れない。そんな思いが頭をかすめる。

「で……、殿下……。殿下ぁ！　でぇんかぁぁぁぁぁぁぁぁぁぁ……!!」

胸に抱いていた淡い想いの意味を知ってしまった薫。その切ない涙声が、新緑の木立の中に吸い込まれていった。

第１章　帝のハーレム

「殿下っ！」

薫は自分の声で目を覚ました。常夜灯に浮かぶ様子は、見慣れた宿舎の自室だった。

夢……？　また見てしまったのね……。ベッドの枕元《まくらもと》に澄んだ瞳を凝らすと、液晶時計のデジタル表示が午前４時を告げていた。ため息をついてベッドの端に腰を降ろす。

無意識に「昭成《しょうせい》様……」と呟《つぶや》き、今では第２５２代帝皇・昭成となった少年のことを想う。当時はまだ寛人親皇殿下と呼ばれていた昭成は、即位前の１カ月ほどの間、情操教育のため薫の実家である大須伯爵家に預けられていた。薫の見た夢はその時の記憶だった。

あれから10年。今では薫も18歳となり、帝を護《まも》る近衛《このえ》連隊大尉の地位にあった。しかし即位後、じかに昭成を見たのは公式行事の場だけで、もちろん言葉を交わすこともままならなかった。いつしか薫の昭成への想いはひとり歩きを始め、より深い愛へと育っていた。

薫は、またひとつため息をついた。そしてネグリジェの裾《すそ》を太腿《ふともも》までたくし上げると、ショーツに手をあてる。子供の頃に比べて飾り気は少なくなったものの、その頃より遥かに丈の短くなった白いショーツは、愛液を吸収しきれずに飽和状態を起こしていた。

薫はまるでおねしょをして悪びれた子供のように、ショーツから染み出る愛液で濡《ぬ》れた自分の指を、しばらくぼんやりと眺めていた。

「わたしは、なんてはしたないのかしら……。あの時以来、いつもいつもこんなになってしまうなんて……。情けないぞ、薫っ！」

自分に言い聞かせるように口にしてはみたが、それとていつものことだった。夢の中のあの日以来、薫はよく昭成の夢を見るようになった。その回数は年を追うごとに増え、最近では週に2～3回も見るほどになっていた。しかもほとんどが今夜のようなものばかりだ。そんな夢を見ると、決まって知らずしらずのうちに秘部を濡らしてしまう。加えて、幼くしてほのかな性の快感を経験してしまい、夢で火照った身体を鎮めるため、いけないと思いつつも自慰に耽《ふけ》ってしまうのだった。

薫は、ふと窓の外へ目をやった。11月の空はまだまだ明けそうにない。思い切ってネグリジェを脱ぎ、ベッドに横になった。常夜灯の淡い光に、ショーツを穿《は》いただけの美しい肢体が照らし出される。10年の歳月は薫の肢体を大人のものへと変えつつあった。胸も膨らみ、2カ月前からはDカップのブラジャーを着けている。起伏に富んだボディラインの頂で、ふたつの突起が硬く張り詰める。抑え切れない高ぶりに、身体が小刻みに震えた。

目を閉じ、濡れたショーツから片足を抜く。薄めの形の良いヘアが艶《なま》めかしい。その上を楕円を描くように指を走らせると、しだいに身体が熱くなって来るのがわかる。やがて熱は、すでに愛液で冷たくなっていた秘部へと集中し始めた。火照りに耐えられなくなって、薫はそっと手を伸ばす。先刻から充分に濡れていた秘密の花園は、指をあてただけで卑猥《ひわい》な音をたてた。その音が合図となったかのように再び温かい液が溢れ出す。自分のクレヴァスに軽く指を押しあて、愛液でぬめる溝に沿って前後に動かしてみる。

一条のパルスが全身を駆け抜けた。「あっ!」声とともに、泉が熱い雫《しずく》を止めどもなく溢れさせる。両手を挟み込み腿に力を入れると、卑猥な音が糸を引くように聞こえた。

「んっ……くっ……あふぅっ……」

頭の中で、10年前の記憶と、夢の余韻と、行為の快感が、グルグルと回りだしていた。思考が麻痺《まひ》し、悦楽を貪《むさぼ》ることに夢中になる。しとどに濡れそぼりながら、なお蜜《みつ》を吐き出す秘唇を、白魚のような指先でリズミカルに撫《な》で、両腿を擦《こす》り合わせて刺激する。愛液がヒップや腿を伝ってシーツに染み込む。指の動きに、朱唇を衝《つ》く息も激しさを増す。

「はあ……ふぅんっ……んんっ! あっ、いぃっ! 昭成様……、昭成様ぁ!」

薫は両手を添えたまま太腿を閉じ、絞るように力を込めた。全身を襲う痺《しび》れと快感に身をよじらすと、一気に昇り詰める。

「んんっ……んっ……!!」

第1章　帝のハーレム

肩で大きく喘《あえ》ぎながら薫はベッドにつっぷした。下腹部はヒクついたまま、まだ愛液を流し続けている。息が整い始めた頃、薫は例の如く罪悪感に捕われていた。こんな自分のことを昭成が知ったらなんと思うだろう。自己嫌悪の念に苛《さいな》まれる。

「今日で最後にしなくちゃ」

しかしそれも最近の口癖のひとつだった。薫は枕に顔を沈め、そのまま朝を迎えた。

昭成10年、晩秋。帝都トキオは不穏な空気に包まれていた。

南北に伸びる細長い4つの大陸から成る大ジャポン帝国。トキオ市は、4つの大陸の中でも特に細長いミリュー州と呼ばれる大陸のほぼ中央に位置していた。帝国が成立してから現在に至るまでの2600年間、帝都としての役割を担って来たのである。

帝国は万世一系の帝皇が統治し、帝皇の地位は神聖にして侵すべからず、と定められている。現在の帝皇の昭成は弱冠7歳で即位したため、太后である御西《おにし》の方《かた》が執権として実務を行っていた。が、その昭成も17歳となり表舞台への登場が待ち望まれていた。

帝国では、折りからの不況に加え帝国議会内のスキャンダルが続発し、国民の不安と不満が高まっていた。人々は希望と安心を帝皇に求め、そのことが議会内に帝派と太后派の対立を生じさせてしまっていた。改革を求める帝派と現状維持を図る太后派の対立は、帝都をある種の緊張状態に置いていた。

「お早うございます……。おようございます、大尉」

ドアをノックする音をぼんやりと聞いていていた薫は、不安げな少女の声で我に返った。

時刻は午前7時18分。起床時間はとうに過ぎている。

「薫、何やってんだ？　開けるぞ」

今度は別の少女のハスキーなアルト声が聞こえた。

「ち……、ちょっと待って！」

薫は慌てて跳ね起きた。ためらいつつも片足を抜いたままになっていたショーツを穿き直す。案の定ショーツはまだ湿っていた。それには構わず急いで軍服の上衣をまとい、足早にドアへと向かう。扉を開いた先には、窓越しに差し込む秋の陽光が乱舞していた。薫は目をしばたかせ、適度に装飾された廊下に立つふたりの少女へ顔を向けた。ひとりは、ワンピースの軍服に三つ編みが似合う15歳の華奢《きゃしゃ》な少女、薫附下士官・野中百合《のなかゆり》曹長。そしてもうひとりは、金モールの肩章がついた派手な軍服を、しなやかに鍛えた身にまとう精悍《せいかん》な顔つきの18歳の少女、薫の親友で近衛士官学校の同期生でもある安藤玲《あんどうれい》大尉だ。

「お早う……」

「お早うじゃないよ、まったく。野中曹長が、いくらノックしても全然返事がないって血相変えて来たんで、びっくりしたんだぞ」

玲に言われ、薫は百合に目をやった。15歳の少女は、心配そうに薫を見つめている。薫が「すまない」と詫《わ》びると、少女は首を横に振った。

「大尉殿は、お疲れになっていらっしゃるんです。お気になさらないで下さい」

「まあ、連隊長代理になって1カ月半、そろそろ疲れの出る頃だものな。とりあえず、あと30分できちんとしろよ、薫」

そう言って玲は直立不動の姿勢をとった。「では」と敬礼し、踵《きびす》を返す。あとに残った少女達は、無駄のない動作で歩き去る玲を見送って部屋に入った。

「安藤大尉は厳し過ぎます。ご親友に、あんな言い方をなさるなんて！」

ドアを閉めながら百合が言う。

「いいのよ。玲はああでないと全然らしくないでしょう？」

「はあ、それもそうですね」

ふたりは声をあげて笑った。それから薫は百合に手伝ってもらい、軍服をきちんと整え始める。軽くシャワーを浴びたかったが、時間の余裕がなかった。とりあえず、いったん軍服の上衣を脱いでブラジャーを身に着けた。従順な少女がリアホックを留める間、薫は心臓の鼓動が加速するのを感じた。自慰に耽って噴出させた汗の匂いを気にしたのだ。

「大尉殿……。こんなことを申し上げてよいのかどうか……」

不意に発せられたためらいがちな百合の声に、心臓が早鐘のように鳴り響いた。少女の歯切れの悪い口調が羞恥心《しゅうちしん》に火を点ける。悟られた。薫はそう思った。

「今日の大尉殿は、その……、なんというか……、すごく素敵です」

やっとの思いで口に出た言葉は予想外のものだった。戸惑う薫に百合が慌てて続ける。

「別に大した意味はないのですが、いつもと雰囲気が違うような気がしたものですから」

「そうか。ありがとう」

ブラのストラップを指で摘まみながら振り返ると、少女の紅潮した顔が目に入る。恐縮してかしこまる百合の肩に優しく手を添え、洗面所に向かった。冷水で顔を洗った薫は、ようやく近衛連隊長代理の表情を取り戻し、テキパキと身仕度を終わらせる。

金モールの派手な肩章が印象的なスカーレットの近衛尉官服を整然と着こなし、極端に丈の短い白いプリーツスカートで辛うじてショーツを隠す。膝上《ひざうえ》20センチはあろうかというオーバーニーソックスのリボンを腿の後ろで結び、ショートブーツタイプの軍靴を履いた。さすがに、下半身の身繕いはショーツの汚れを気にして自分ひとりで行った。

軍服を整えたあとは、腰の上まであるロングヘアをブラッシングしてもらい、首筋の後ろ、肩のラインのやや上の位置でリボンを結んだ。女性のみで構成される近衛連隊では髪の毛が持つ意味が大きい。階級が上がるほど長髪になるのだ。リボンを結べるのは指揮官クラス、すなわち下士官以上で、結ぶ位置も階級によって異なる。

最後に、近衛の制式拳銃《けんじゅう》である15年式ベベナンブ小型自動拳銃を収めたホルスターと、帝国軍人の誇りと象徴である軍刀を吊《つ》るす極太のベルトを巻いて、近衛連隊長代理・大須薫大尉は百合とともに連隊長執務室へと急いだ。

大ジャポン帝国近衛連隊の歴史は古い。帝国成立とともに衛士隊として発足し、国軍の拡張にともなって連隊規模に再編成されたのである。そして再編時に、それまでの男性のみの部隊から未婚の若い女性のみの部隊へと生まれ変わった。しかも入隊規定には〝処女に限る〟という一項があり、そのことが一般に、近衛をして〝帝のハーレム〟と言わしめる原因となっていた。また近衛連隊はその性格上、他の国軍部隊とは異なるシステムを有し、近衛士官学校を卒業すれば10代でも尉官になることができた。さらに編制や装備の面でも他に類を見ず、殊にその軍服は実用性とは無縁の派手なものであった。それらが国軍将兵の反感を買い、一部で〝おもちゃの兵隊〟と陰口を叩《たた》かれる原因にもなっているのだが、そうした中傷が近衛将兵にとってはバネとなり、帝国軍の中でも有数の精鋭部隊としてその名を轟《とどろ》かせることとなる。近衛連隊とは、少女達にとっては憧れの的であり、そこに入隊することは一族一家の名誉であった。

帝都トキオの中心に位置する宮城。そこを背にした北面の北ノマール地区に、近衛連隊の駐屯本部がある。赤煉瓦《あかれんが》造りの本部ビルの中にある連隊長執務室に薫はいた。連隊長・有馬五月《ありまさつき》大佐と連隊司令部の国防総省出向によって、連隊長代理の任に着いて1カ月半、薫はようやくこの広い部屋にも慣れていた。6年前、軍人でもある父、大須功一郎伯爵の勧めと、少しでも昭成の近くにいたいという希望もあって近衛に志願した時には想像もしていなかったことだ。幸いにも薫は、玲を初め優秀な将兵に恵まれ、この大任をこなすことができた。もっとも薫自身が持つ天性のリーダーとしての資質も否定できない。実際、薫は連隊の誰からも慕われていた。

「大尉殿。お茶のご用意ができました」

ティーセットを執務机の上に置いた百合に「ありがとう」と微笑み、薫はカップに手を伸ばしてダージリンの香りを楽しむ。そんな薫の様子を百合は嬉しそうに眺めていた。百合にしてみれば憧れの薫と、こうしてふたりきりでいられるだけで幸せだった。

視線に気づいた薫がふと顔を上げる。偶然、百合と目が合った。たちまち少女はまっ赤になってうつむいてしまう。薫はひとりっ娘《こ》であったから、そんな百合が妹のように思えていじらしかった。が、この場はなんとなく気まずくなったので、慌てて話しかける。

「今、兵達の間で何が話題になってるの?」

「あ、はい。え、ぇえと、そうですね……」

しどろもどろになりながら百合が話す兵達の様子は、ほとんど他愛もないものだった。

「兵達には、現状これといった不満や不安はないようです。ですから連隊の士気は旺盛《おうせい》、連隊長殿や大尉殿のご命令があれば、一丸となってこれを遂行すると確信いたします。そういえば、こんな噂《うわさ》を聞きました。なんでも、帝様が宮殿の中に幽閉されている……とか、そんな話です」

その噂はかなり広まっていると言う。けれど、一兵卒にとって帝皇の存在はあまりに神格化されすぎており、そうした噂を、自分達が関与すべき問題として真剣に受け止める者は皆無らしい。年頃の少女達にとっては、帝も芸能界の大スターと変わらないのかもしれない。むろん、帝国の頂点に君臨する帝を崇《あが》める心は、幼い頃から常識や教育の一環として教え込まれているので、万が一の事態になればみな銃を取って戦う覚悟はできていた。

ただ、一応は軍人でも年端もいかぬ少女達である。単に命令だけで動くものでもない。彼女達は、薫や玲、あるいは五月といった憧れの存在のもとに団結しているのだ。

一命を奉じて帝皇を護るという崇高な使命に心酔していると言ってもいい。動機や目的はともかく、その思いの一途さにおいて、近衛の将兵はまさに純粋そのものであった。

「わたしは信じなかったので、それ以上は聞きませんでしたが……」

そう話を切りあげる百合。薫は少々困惑していた。

「それは誰から聞いたの？」

「兵藤美加《ひょうどうみか》二等兵です」

薫はその名前に聞き覚えがあった。今年入隊した16歳の少女だ。大の噂好きらしく〝情報屋〟と呼ばれている。確か父親は帝派に所属している帝国議会議員のはずである。

噂の出所はそこだな。薫は直感した。

「大尉殿、どうかなさいましたか？」

薫の表情から、何かしらの不安を読み取った百合が、控えめに尋ねる。

「ん……。いや、なんでもない」

薫は曖昧《あいまい》に答え、気持ちを落ち着かせるように残り少なくなったダージリンを啜《すす》った。


その午後、近衛連隊長室に5人の幹部将校が顔を揃《そろ》えた。

一番最後に作戦将校の立花多香魅《たちばなたかみ》大尉が入室すると、部屋は一種異様な熱気に包まれていた。艶《つや》やかな黒髪とスレンダーなプロポーションに知的な雰囲気を漂わせた多香魅は、言いようのない胸騒ぎを覚えた。が、それは玲達に突然押しかけられた薫も同じだった。

「安藤大尉。いったいどうしたんだ？」

多香魅を案内して来た百合の退室を待って薫が口を開く。連隊長室には、薫、玲、多香魅の三大尉のほかに、技術将校を務める小島沙織《こじまさおり》大尉と、軍医官・牧村真理奈《まきむらまりな》中尉、補給中隊長・花見秋穂《はなみあきほ》中尉の3人がいた。

「帝様のことです。連隊長代理は噂をお聞きになりましたか？」

百合から聞いた「帝が宮城に幽閉されているらしい」という話を思い出し、薫が頷く。

「その真偽はともかく、一部では帝様をお護りする我々近衛連隊が、こともあろうか帝様を誘惑し、宮城内に閉じ込めているとの声もあるそうです。そのことをどうお考えか？」

玲に追従する形で、同期入隊組のひとりである沙織が、ざっくばらんな口調で続ける。

「帝国議会が、帝様派と太后様派に分かれて紛糾してるのは知ってるでしょ？　その政治的理由が原因じゃないかって。一説によると、太后様が裏で糸を引いて、あたし達近衛連隊をハーレムとしてあてがい、帝様を骨抜きにしてるんじゃないかっていうのよ。まったく！　議会や参謀本部を初め、世の男どもは何を血迷ってるのかしらねっ！」

薫は唖然《あぜん》とした。多香魅や秋穂も怪訝《けげん》そうな顔をしている。

「わたしは、そこまでは聞いてない」気を取り直して薫が言う。「仮にそうだとしても、この不安定な政局下での流言や中傷など気にするほどのこともないと思うが」

「ですが、このまま黙っていては近衛連隊の名誉にかかわります！」

薫が言うと、口調をあらためた沙織が抗議する。

「我が連隊は設立当初から〝帝のハーレム〟と陰口を叩かれて来ました。そしてここ今日に至っては、陰口どころか逆賊の汚名にも近い言われようです。自分もつい先刻までは単なるデマと考えていましたが、安藤大尉達と論議した結果、ことは連隊の士気はおろか、連隊そのものの存続にかかわるとの判断に至りました。そのことはどうお考えか？」

薫は答える替わりに、もうひとりの同期生・真理奈に「どう思うか」と質問を発した。

「確かに、自分のもとにカウンセリングに来る兵達の話を聞く限り、すでに噂がひとり歩きを始め、そのことによってかなりの動揺を与えているのは否定できないわね。それに、参謀本部は近衛を目の仇《かたき》にしているというじゃない？」

軍医という肩書きでも、薬学と精神医学を専攻する真理奈は、もっぱら将兵の精神管理を担当している。いくつもの病院を経営する高名な医者の娘は、どこか斜に構えた態度を取るきらいがあった。そのニヒルな印象は、時として相手を威圧することもあるが、嫌われ者というわけではない。そしてそれは、帝国屈指の大企業・コジマ重工の社長令嬢である沙織にも言えることだった。真理奈の言葉を受けて、沙織は吐き捨てるように言う。

「参謀本部の男どもは、己の保身しか考えないクズばかりだからな。我々女にその立場を奪われるのが恐いのさっ」

薫も、近衛と参謀本部の確執は連隊長の有馬五月大佐から聞いたことがあった。

「ともかく、近衛連隊にとって不名誉な噂を立てられたら、それこそ連中の思う壺《つぼ》。連隊の解体を言い出す可能性だってある。それはなんとしても阻止しなければ」

今度は玲がたたみかける。薫が返答に苦慮していると、それまで黙って見ていた作戦将校の多香魅が助け船を出した。

「ちょっと待って、大尉。ここで軽率な行動を取ったら、それこそ思う壺じゃない？　それに噂の真偽自体があやふやなのに、そのことについて論議するのはナンセンスだわ」

多香魅の言葉は、さすがに作戦将校だけあって的を射たものだった。多香魅は、この場に集まった少女達の中では最年長者の19歳。玲が情熱で行動する戦術家なのに対し、論理で行動する戦略家だった。彼女の慎重さには薫も一目置いている。

対する玲は、常々ふたりの信頼関係に嫉妬《しっと》して来た。そのため、どうしても多香魅には挑戦的な態度を取ってしまう。

「お言葉だが、立花大尉。もし噂が本当だったとしたら、帝をお護りせねばならぬはずの我々近衛連隊は、帝のご窮地に何も知りませんでしたと、そのお膝許でのほほんとしていることになる！　そんな近衛など、おもちゃの兵隊以下ではないかっ！」

「だからそれは、あくまで仮定の話でしょ」

多香魅は玲の剣幕にも冷静さを失わない。そこへ沙織が、玲の援護を買って出た。

「しかし考えてみれば、我々近衛でさえ帝様のお姿を拝見するのは公式行事の時だけ。それ以外は喩《たと》え宮城の警備をしていてもただの一度もないのは、不自然だと思わないか？」

「連隊長代理、いや、薫！」玲はその矛先を薫に向けた。「これは士官学校時代からの友人として訊《き》くのだが、昭成様のことについてなんの不安もないのか？　昭成様のことが気になって、毎日眠れぬ夜を送っているんじゃないのか？」

薫は痛いところを突かれたと思った。ふと今朝方の記憶が脳裏に甦《よみがえ》る。近衛連隊の将兵は、誰もが帝に対して強い思慕を抱いている。軍隊という閉鎖された環境で、帝を敬い護るよう純粋培養されているのだから当然だ。その中でも、薫には特別な事情があった。親友として、それをよく理解している玲は少々苛立《いらだ》って声を荒げる。

「どうなんだ？　薫っ！」

「それとこれとは話が別でしょっ！」

場の視線を一身に浴びてしまった薫は、思わず平常心を失い、声を荒げイスから立ち上がった。玲も薫の態度に我を忘れていた。

「別なものかっ！　帝をお護りする近衛とは名ばかりで、実は単なるお飾りに過ぎん！〝帝のハーレム〟などと罵《ののし》られるのも当然の道理だ。そんな現状に、普通だったら誰だって不平不満を抱くはずだろ！　まして、お前なら毎日不安で堪らんのじゃないのか？」

すでに話の論点はずれていたが、沙織以外の少女はふたりのやり取りを、ただ茫然《ぼうぜん》と見つめることしかできずにいた。

「素直に認めろよ、薫。不安なのが当たり前なんだ。そいつを抑え込んだりしないで、クーデターでもなんでも起こして現状を打開し、真に帝様をお護りすればいいじゃないか！」

玲の言葉に多香魅が慌てて割って入った。

「言い過ぎよ、安藤大尉！」

その時、一番ドアの近くにいた沙織が左腰に吊るしたサーベル型の軍刀に手をかける。

「そこにいるのは誰かっ！」

厳しい口調の誰何が飛んだ。その声に、部屋にいた一同の視線がドアに集中する。一瞬にして緊張感が部屋全体を支配した。しばらくして扉は音もなくゆっくりと開く。姿を見せたのは、帝国陸軍制服に身を包んでにこやかに笑うメガネをかけた青年将校である。

「いやあ、皆さんお揃いで」

とぼけた挨拶《あいさつ》をして、青年は照れ臭そうにざんばら髪の頭を掻《か》く。

「何者だ！　ここは許可なき男子禁制の近衛隊舎だぞっ！」

沙織は軍刀を抜く構えを崩さない。

「ああ、すみません。ボクはただちょっと、大須薫大尉にご挨拶しようと思って」

「連隊長代理、お知り合いですか？」

確かに見覚えがあった。父の主宰したパーティーで、何度か顔を合わせたことがある。もっとも名前だけなら、この場の全員が知っているだろう。薫は姿勢を正して敬礼した。

「お久しぶりです、富士志朗《ふじしろう》少佐殿」

薫の口から出た名前に、玲達は思わず身を固くする。富士志朗といえば、内務省情報局にその人ありと言われ、〃暁の狩人《かりゅうど》〃の異名を持つ敏腕少佐だ。内務省情報局とは、国内のテロ防止や摘発を目的とする公安の中枢である。

少佐は笑顔で答礼すると、部屋の中の少女達を見まわした。

「突然お邪魔して申し訳ないですね。所用で近くまで来たものですから」

志朗の声が静まり返った部屋の中に妙に明るく響いた。

「どうしたんですか、皆さん。そんなに恐い顔して」

志朗がキョトンとして再び一同を眺める。玲は背筋を冷たい汗が伝うのを感じた。今までの話を立ち聞きされていたのは間違いないだろう。ことが公になれば自分の罷免だけでは済むまい。場合によっては、近衛連隊の解隊という事態にもなりかねない。それこそ、一番恐れていたことではないか。無意識に左手で軍刀の鞘《さや》を強く握り締める。

薫もどう対処したものか思案していた。今ならばまだ先ほどまでの話はものの喩えで本意ではない、という言訳も通用する。パーティーの席上で話した限り、志朗はなかなかの好青年だった。とはいえ、下手な言訳は却《かえ》って墓穴掘りにもなりかねない。

「うーん。お邪魔だったみたいですね。それでは、ボクはこれから太后陛下に拝謁しなければなりませんので、これで失礼します」

志朗はそう言って仰々しく会釈をすると、クルリと背を向けようとした。薫達の間にまたもや緊張が疾った。もし彼が太后に上奏すれば、すべては終わりである。

玲が軍刀の柄に手を伸ばす。が、それより一瞬早く薫が声をかけていた。

「少佐殿！　さ……、先ほどのことですが……」

薫がそこまで言うと、青年はスタスタと早足で執務机に近づいた。

「先ほどのことというと、ボクとデートをしてくれるという約束の件ですね？」

おもむろに薫の手を取り、少年のように目を輝かせる。薫は困惑の色を隠せない。

「は……？」

「いやだなぁ。冗談ですよ、冗談。はっはっはっ。……で、なんのことです？」

意味がわからず瞳を覗き込む薫に、志朗はすかさず話題をすり替えた。軽くあしらわれた薫も、気を取り直してノロノロと口を開く。

「あの……、少佐殿は、これから太后様のもとにゆかれるのですよね？」

志朗が「はい」と頷き、玲達は固唾《かたず》を飲んで薫の次の言葉を待った。

「そ、その時に、ここでのことをお話しになるのですか？」

そう尋ねるのが精一杯だった。激しい動悸《どうき》が、握られた手の先から志朗に伝わりそうで怖い。果たして、彼はなんと答えるのだろう。

玲や沙織は、志朗の返答次第では直接的な行動も辞さない覚悟《こ》でいた。抜刀の構えは解いていたものの、いつでも抜けるようにと鞘を握る左手に力が籠もる。

「そんなことはしません！　近衛連隊の皆さんに得意のギャグを披露したら冷たい視線で追い返されたなんて、太后陛下には口が裂けても言えませんよっ」

キッパリと力を込めた青年のセリフに、薫達は唖然としてしまった。それでもなんとか気を取り直し、薫が声を絞りだす。

「あのぅ、少佐殿。そのことではなくて……」

突然、薫の手に添えられていた志朗の指に力が籠もり、言葉を遮った。驚く薫の瞳を覗き込むように青年は顔を近づける。

「薫さん。ボクはここでのことは話さないと言ったのですよ」

その声には優しさの中にも有無を言わさぬ迫力があった。メガネのレンズ越しの眼差しからは、それまでのふざけた態度が嘘《うそ》のように誠実さが溢れている。薫はそれを信じるしかなかった。無言で頷く薫にニッコリ笑いかけ、志朗はそのままドアへと向かう。

部屋を出る直前、敏腕少佐はふと立ち止まって玲のほうを見た。

「そうそう、安藤大尉……でしたよね？　薫さんを、あんまり困らせないようにね」

内心ドキリとする玲を尻目に、それだけ言うと志朗は軽快な足取りで歩き去る。

少女達はしばらく身動きさえできずにいたが、とりあえず薫は一同の解散を命じた。薫に促され、真理奈と終始無言だった最年少の花見秋穂中尉が部屋を出て行く。

執務室には４人の大尉が残った。薫は硬い表情のまま目の前の３人を見つめていた。誰もが重苦しく口を閉ざし、つい今しがたの出来事をそれぞれに振り返っている。

「あの少佐、信用できるのかな？」沙織がポツリと言った。

「信用するしかないでしょ。ここであれこれ考えてもしかたないもの」

「立花大尉の言うとおりよ。万が一の時にはわたしが責任を取れば済むことだもの」

玲がハッとする。自分の不用意な一言がとんだ大事になってしまった。悔やんでも悔やみきれない大失態だ。玲は何か言わずにはいれなかったが、薫に遮られてしまう。

「ともかく、あなた達も持ち場に戻って。何かあればこちらから言うわ」

頷く多香魅が思案顔で出ていった。沙織も玲をチラリと見てその場を去る。玲は口を結んだまま薫を見つめていたが、意を決して不動の姿勢で敬礼すると執務室をあとにした。

ひとりになった薫は疲労感を覚えて天井を仰いだ。背後の窓がカタカタと音を立てる。目を向けると、窓の外の練兵場を一陣の秋の風が吹き抜けていくところだった。

薫は風の行方をいつまでも見つめていた。


大ジャポン帝国帝皇の居城である宮城は、その名のとおりもとは城だったが、140年前の帝都整備計画に基づいて大幅な改修が行われ、現在ではその面影は残っていない。天下太平の世が永年続いているため、城壁や一部の堀は撤去され、その場所には官庁街が移築されていた。しかしそれでもなお、宮城は帝都トキオ中心に広大な面積を有し、荘厳な宮殿は帝皇の居城として大ジャポン帝国の栄華を誇っていた。そんな宮殿の最奥に〝太后の間〟があった。かなりの大広間だが、不思議なことに窓がひとつもない。照明のせいもあって昼でも薄暗い、いわば密室である。

今そこに、全裸の男女がいた。長く艶やかな黒髪と均整の取れた肢体を持つ美女が、穏やかな表情を浮かべた青年を膝枕している。太后・御西の方と志朗である。

一介の刀鍛冶《かたなかじ》の息子で、まだ20代半ばの志朗が今の地位にあるのは、太后の力によるところが大きい。4年前、少尉に任官した志朗が憲兵隊に配属されたのは、まったくの偶然だった。しかし持ち前の正義感でテロ事件の摘発等に積極的に取り組み、任官1年後には中尉に昇進していた。その功労はいつしか太后の耳にも届き、その取り立てによって、新設された内務省情報局の公安担当武官に大抜擢されたのである。志朗の活躍はなお続き、〝暁の狩人〟の異名を取るほどになっていた。しかしその一方で、太后の全面的な支援を受けて出世街道をひた走る彼は、一部からは〝太后のツバメ〟と囁《ささや》かれている。

志朗は柔らかな腹部に頬を寄せ、濃厚な情事のあとの心地よい疲労感に浸っていた。メガネを外してぼやけた太后の輪郭に、ふと少年の頃の懐かしい記憶が呼び起こされる。眩《まぶ》しいイメージが太后の顔と重なっていく。

それも束の間。敏腕情報員として培われた鋭い観察力は、太后の微妙な表情の変化を察知した。安らぎの時間が終わりを告げたのだ。無表情になった太后が口を開く。

「近頃、わらわにそちの悪評を吹聴する者がおる。務めを忘れ、女子の尻ばかり追うておるとな。真実《まこと》かえ？」

志朗は敢えてかしこまらずにいた。あまつさえ、無礼を承知で緩く開いた内腿の間に鼻先を擦り当て、母親にじゃれる子供の如く、透きとおる美肌に舌を這《は》わす。

「わたしは、常に陛下のご期待に添うよう努力して参りました。その努力が足りぬと申されるのであれば、はっきりとお叱《しか》りいただきとうございます」

「ふむ。そちの働きには満足しておる。そもそも女子についての手ほどきしたのは、わらわじゃ。されど、務め以外で腕を磨くのは控えよ。いざという時に思わぬ邪魔となる」

「御意」豊満な乳房に顔を埋め、志朗が答える。

「のう志朗。よもや、わらわの身体では満足いかぬのではあるまいな？」

「滅相もございません！」青年は慌てて身を離すが、すぐに口籠もってしまった。

「よい。申してみい」

「陛下も何かとお忙しいのでございましょうし……」

苦々しげな声だった。それでも太后は気にするふうもない。相変わらずの無表情。

「本間《ほんま》のことを申しておるのかえ？」

うつむいた青年の表情が強《こわ》ばった。

「そちとは政《まつりごと》の話はできぬ。国と民を治めるのは、わらわの務めであり、あの者の務め」

かしこまる志朗は「承知しております」と呟いた。

「古来から権力を握る男とは単純なものよのう。餌《えさ》さえ与えてさえおれば裏切ることもない」一瞬の間を置いて太后が問う。「はて、そちはどうじゃ？」

「自分は……、陛下をお慕い申すが故」

「それは〝愛〟とかいうものかえ？」

「そうお考えいただいて結構です」

青年が送る熱い眼差しを、太后は軽く受け流した。

「ならば、今後も充分に尽くせよ」

「陛下の御身のために」

もはやふたりの間に情事の余韻は存在しなかった。

「さて、報告ご苦労であった。わらわには次の予定がある。下がってよいぞ」

志朗は深々と頭を下げると、軍服を身に着け広間の外に退いた。廊下へ出た彼は、女官に連れられて控えの間から姿を見せた人物と鉢合わせる。誰あろう太后派の領袖《りょうしゅう》・本間進《しん》之助《のすけ》公爵だ。どうやら太后の次の予定とは、本間との密談のようである。

「富士少佐……でしたな。陛下のご様子はいかがですかな？」

「ご機嫌麗しく健やかにございます、本間閣下」

「それは何より。拙者も不肖ながら、これからお目通りいただくので、失礼致しまする」

お互い穏やかな口調ではあったが、言葉の裏にはどこか腹の探り合いでもするような響きが籠もっている。声もなく促す女官の先導で、本間は太后の間へと消えていった。

志朗はしばしその場に足を止め、ふたりの消えた扉を見つめていた。

第2章　揺れる想い

12月のまだ明け切らない空に起床ラッパが響いた。近衛《このえ》連隊の1日の始まりである。

浅いまどろみを何度も繰り返していた若き近衛連隊長代理・大須薫大尉は、ぼやけた意識の中でその音色を聞いた。長い睫毛《まつげ》に縁取られた目をしばたかせ、ゆっくりとした動作でベッドから身を起こす。常夜灯の淡い光に照らされ、薫は大きく伸びをして鏡台の前に立った。大型の鏡にほぼ全身がシルエット状に映る。薫は鏡を覗《のぞ》き込みながら10日前の出来事を思い返してみた。憧れの帝・昭成の夢を見て自慰をしてしまったこと。その昭成が宮城に幽閉されているらしいという噂《うわさ》を聞いたこと。噂の件で近衛連隊の幹部将校達と議論を交わしたこと。そしてそれを内務省情報局の富士志朗少佐に聞かれてしまったこと。

「大丈夫……。少佐は信用できるわ」

自分に言い聞かせるように呟《つぶや》く。しかし親友の安藤玲大尉が口にした〝クーデター〟という言葉が頭から離れない。そのせいで昨晩もあまり眠れなかった。

ややあって、薫はようやく部屋の明かりをつけた。瑞々《みずみず》しい肢体が見て取れる。まだ大人のものにはなりきっていないが、その均整の取れたプロポーションは実に魅力的だ。

「考え込んでいてもしかたない、か」

鏡に映る裸身に、ふと10年前の姿が重なる。幼い昭成に生まれたままの姿を見せた自分が。思い出に浸ってしまいそうになり、薫はかぶりを振る。急いで身仕度を整えた薫は、妄想から抜け出そうとするかの如《ごと》く、神聖な職務の砦《とりで》である連隊長執務室に逃げ込んだ。

第２章　揺れる想い

昭成10年、初冬。帝都は不穏な空気に包まれていた。

折しも帝国では、長引く不況に加え、帝国議会内のスキャンダルが続発し、人々の不満と不安が高まっていた。国民は希望と安心を帝皇に求め、そのことが議会内に帝派と太后派の対立を生じさせていた。改革を求める帝派と現状維持を図る太后派の対立は、帝都をある種の緊張状態にしていた。行政の中心たる帝都は、その荒波をもろに被ることとなる。

争議の末に空転を繰り返す議会の責任を取り、内閣が辞職したのはつい先日のことである。後任人事は難航を極め、政治の空白が生じた。

そして今、歴史の歯車は大きく動き出そうとしていた。


「最近、お顔色が優れないのでは？」

執務机の前に立った薫附下士官の野中百合曹長が、心配そうに尋ねる。

「心配ない。今日は野中曹長より先にここにいたでしょ」

薫はそう言うと笑って見せた。通常、部屋の主である薫が百合よりも先に入室することはない。連隊長執務室の掃除と手入れ、業務開始の準備は、連隊長代理附下士官に課せられた毎朝の日課である。ところが今朝に限っては、薫がそれら全てを終わらせてしまい、あまつさえ百合のために紅茶まで淹《い》れて待っていたのだ。しかし、聡明《そうめい》な従卒の少女にはそのことが体調のよさを物語っているとは、到底思えなかった。

実際、薫は精神的にも肉体的にもかなり疲労が溜まっている。が、それを口に出すほどヤワではない。疲労は、弱冠18歳で総員1500名の近衛連隊を束ねる連隊長代理の任を務めるせいだけとは言い難い。殊にこのところの疲労は別の理由によるところが大きい。

「心配ない。心配ないよ……」

薫は半ば自分に言い聞かせるように繰り返した。なおも心配そうな表情をする百合の背後でドアがノックされる。百合が扉を開けると作戦将校の立花多香魅大尉が立っていた。

「話があるのだけど、よろしい？」

ひとつ年上の少女の問いに薫は頷《うなず》き、百合にお茶を淹れるよう頼んだ。百合と入れ違いに部屋の中に入った多香魅が、執務机の横にあるソファーに腰を降ろす。

多香魅の態度はいつも整然としていた。立花家は薫と同じく伝統ある貴族の家系である。しかしこの何代かは新興貴族の台頭に押され、没落の傾向にあった。現在の当主で多香魅の父でもある立花子爵は、貴族の地位を政治の手段として用いることを嫌っていたので、日々をわずかばかりの恩賞と幾許かの貯えでやり繰りしなければならなかった。多香魅が近衛に志願したのもそんな家の事情からだ。もっともそのために母親の死に立ち合うこともできなかった。多香魅の母は2年前に病気で他界している。薫は、そんな境遇にも貴族の誇りを失わず凛《りん》として生きる多香魅に尊敬と好感を抱いていた。

「話というのは件《くだん》のこと？」

ざっくばらんに尋ねる薫へ、多香魅が頷く。

「色々と考えてみたけれど、富士少佐は信用できると思う。少なくとも今のところはね」

「わたしもそう思う」

「ただ、ひとつ心配なことがあるわ」

「玲……？」

「ええ。安藤大尉は責任を感じてはいるみたい。でも彼女は思い込みが激しいから、妙なことを考えなければいいけど」

「妙なこと……？」

「例えば、本当に実行しようとか……」

「まさか！」

「あり得ないことではないわ。このところおとなしいけれど、却《かえ》ってそのほうが不安よ」

「だからって本気でクーデターを？」

その時、ノックとともに百合が戻って来た。ふたりは、いったん会話を中断する。室内にダージリンの香りが漂った。薫に目配せした多香魅は、従順な少女に顔を向けた。

「野中曹長、ミルクを貰《もら》えないかしら」

「はい、立花大尉。ただいまお持ちします」

再び部屋を出た少女の足音が聞こえなくなるのを待って、多香魅が切り出す。

「大須大尉。親友を信じたいのはわかるけど、あなたの立場を忘れないでね」

薫は無言のまま頷いた。執務室を重苦しい沈黙が支配する。その雰囲気を打ち払ったのは百合の明るい声だった。

「ミルクをお持ちしました」

「ありがとう」多香魅は、わざとらしくならない程度に笑顔を作る。「わたし、最近ミルクティー派になったみたいなの。毎日5～6杯は飲むのよ」

多香魅の思惑を知る由もない百合は愛想良く相槌《あいづち》を打つ。それから3人は、しばし紅茶談義に花を咲かせた。


薫の親友で近衛連隊第2大隊指揮官の安藤玲大尉は、多香魅が指摘したとおり表立った言動を控えていた。ものの喩《たと》えとはいえ内務省情報局の人間に聞かれたからには、一度抜いてしまった言葉の剣は収める鞘《さや》を失っていた。玲には蹶起《けっき》こそが薫と連隊を護《まも》る最善の手段に思えたが、それを口にできるはずもなかった。

玲には秘めた想いがあった。11歳の夏、家族と出かけた避暑地の海岸で、同じく避暑に来ていた少女との出逢《であ》い。その少女が、薫だった。

初めて薫を見た時、玲は神話伝説の女神を連想した。それほどまでに、薫の姿は神々しかったのだ。父から薫が伯爵家の令嬢であることを教えられると、さらに憧れを抱いた。

玲も貴族の娘であったが、父親は昭成帝即位にともなう恩賞で男爵位を授かったばかりの新興貴族。代々伯爵として帝に仕えて来た薫の家とは、比べものにならない。その印象があまりに鮮烈だったので、玲は薫を忘れることができなかった。いつしかその想いは、恋へと変化していった。玲が再び薫と出会ったのは、近衛士官学校に入学した時だった。

2年間想い続けてきた薫との再会は、玲の心を燃えあがらせた。ほどなくふたりは親友となる。勝ち気で男勝りの玲と文武両道才色兼備の薫のペアは、校内の話題の的だった。

近衛連隊は未婚の女性だけで構成される規定なので、士官学校はさながら厳格な全寮制エリート女子校だ。半ば当然の如くレズが横行していたが、ふたりの仲はあくまで親友の域を出なかった。かといって、玲は薫に関係を持って欲しいとも言えず、しだいにストレスを溜めるようになっていた。そして、それは今も続いている。

だからこそ、〝クーデター〟という言葉が、玲の心に暗い影を落としていた。同期の小島沙織大尉や牧村真理奈中尉と謀《はか》って、薫を焚《た》きつけようとしたのが仇《あだ》になった。

自業自得か。玲は思う。しかし、ことは自分ひとりではなく、近衛全体の問題に発展してしまっていた。そう。内務省公安担当武官・富士志朗少佐に立ち聞きされてしまったことで。ただ、今のところ玲の失言に対する咎《とが》は、どのルートからも伝わっていなかった。薫の取りなしで志朗は口外しないことを約束した。少なくとも、それは守られているようだ。とはいえ相手は、帝国の頂点に座す昭成帝が若年のため影の最高権力者とも言われる太后・御西の方と通じているのだ。訓告のひとつも出ないほうが却って不気味だった。

1週間交替の宮城警備任務を指揮するため警備隊詰所に陣を張る玲がそんなことを考えていると、不意にドアがノックされる。相棒の小島沙織大尉がやって来た。

「いいニュースと悪いニュースがあるんだけど、知りたい？」

「ああ、教えてくれ」

「じゃあ、悪いニュースからね」

もったいつけるようにニヤリと笑い、沙織がゆっくり口を開く。

「実は、帝様の噂、どうやら本当のことみたいよ」

「なんだってぇ⁉」

「多香魅お姉様が、そう認めたのよ。信憑性《しんぴょうせい》高いでしょ？」

思慮深く慎重で、しかも一貫して玲達と対決する姿勢を取ってきた多香魅が認めたとなれば、確かに信憑性も高い。

「いいニュースは、本部中隊の半分と補給中隊が、こちらの手に落ちたってこと」

楽しげに言う沙織が、一束の書類を差し出した。反射的に受け取った紙面には〝極秘〟という文字が印されていた。なんの前振りもなしに突き出された書類を一読し、玲は激しいショックを受ける。それは、帝の噂に関する真偽を多方面から詳細に分析したもので、作成者は作戦部長・立花多香魅大尉となっていた。

いつの間に、こんな？　玲は報告書をさらに読み進め、その最後に私見としながらも、

「帝がなんらかの形で国家元首としての権威を冒涜《ぼうとく》されている可能性あり」と記されていることに目を見張った。噂はあながちデマとは言い切れない。つまりはそういうことである。慎重な多香魅がそういう結論に達したのだ。これはただごとではない。

「ま、まさか……、沙織？」

困惑に呂律《ろれつ》を乱す玲。対する沙織は、余裕の笑みを浮かべて言う。

「やあね。無理矢理書かせたわけじゃないわよ。そんな緻密《ちみつ》な報告書が、一晩かそこらで書きあげられるはずないでしょ？　それね、薫のところにも回ってるそうよ」

彼女の口振りでは、どうやら薫が依頼したものらしい。自重していた自分だけが蚊帳の外で、薫や多香魅、そして沙織も裏で動いていたのだ。

言葉を失い立ち尽くす玲を、沙織が真顔で見つめた。

「望むものは、勝ち取らなければ手に入りはしないものよ。あなたも、薫もね」

言われるまでもなく、そのことは玲も十二分にわかっていた。

「沙織、この件は、この安藤に任せてくれ」

ギリリと奥歯を噛みしめ頷いた玲は、低く凛とした声を吐き出すのだった。

近衛連隊本部の武道館では、連隊長代理でもある薫率いる第１大隊幹部が、剣術訓練に汗を流していた。

「次っ！　誰かかかって来い！」

吸湿ナイロンで仕立てられたレオタードタイプの武道着に身を包み、薫が声を張りあげた。その気迫に幹部達は顔を見合わせ静まり返る。ややあって、薫附下士官であり本部中隊と第1大隊の副官を兼任する百合が進み出た。

少女から大人の女性へと脱皮しつつある見事な薫の肢体に対して、百合の身体はあまりにも華奢《きゃしゃ》だった。安全性を考慮して胸パッドを入れていても、15歳の少女のAカップの双丘は、薫のものとは比べものにならぬほど貧弱だった。胸だけではない。腰の張りにしても、太腿《ふともも》の肉づきにしても、青い果実と呼ぶのもためらわれる。

近衛の剣術訓練は実戦の緊張感を演出するため、肘当《ひじあ》て、膝当《ひざあ》て、安全手袋以外の防具を身に着けない。少女達のプローポーションは手に取るようにわかる。

互いに一礼すると、硬質ゴム製の模擬刀で激しく打ち合いを始める。

「最近の大隊長、荒れてない？」

「鬼気迫るものがあるって感じよね」

「でも、そこがまたステキ！」

実戦さながらの鍔迫《つばぜ》り合いを繰り広げる薫と百合に、見物を決め込んだ少女達が囁《ささや》き合う。軍人とはいえ年頃の娘達である。試合を行うふたりの熱気とはまったく異質の熱気で盛りあがる。場違いに下世話な会話をよそに、試合は白熱した。だが、体格的にも実力的にも差があり過ぎた。勝負は終始一方的に攻めた薫の圧勝であった。壁際まで追い詰められた百合は模擬刀を打ち落とされ、へたり込んだ。

薫は、ふぅっと深呼吸をひとつついて他の少女達のほうを向く。

「これまで！　解散にする」

第1中隊指揮官の磯村美里《いそむらみさと》中尉が整列の号令を発した。荒い息のまま立ち上がろうとする百合を薫が制する。

「解散っ！　敬礼‼」

一同が更衣室へ続く廊下に消えると、薫は百合に手を差し出した。

「すまなかった」

薫がポツリと言う。百合は瞳を曇らせ、立ち上がった。

「どうなさったんですか、大尉殿？　このところ御様子がおかしいです。剣術にしても技のキレが今ひとつに感じました。僭越《せんえつ》ですが何かお悩み事があるのでは？」

薫がドキリとして少女を見る。心配そうに見つめる百合に胸が熱くなった。密かに慕っている帝が宮城に幽閉されているらしいという噂が、多香魅の報告で真実味を帯びて来たことや、親友の玲がクーデターを画策しているかも知れないということが、薫の心を混乱させていた。報告書を読むまでは、そんなことはないと自分に言い聞かせて来たが、今となってはそれもままならない。薫はすがるべきものを見失っていた。

薫は「大丈夫」と囁いて百合の華奢な肩を抱きしめる。15歳の少女の未発育な胸に、薫のDカップの膨らみが押し当てられ、百合はドギマギとした。薫は常々妹のように思って来た少女を、別の意味で愛しく感じ始めていた。

「野中曹長。これから言うことは他言無用よ」

小さく頷く百合。レオタードの薄い生地越しに薫の鼓動が伝わる。そのリズムより自分の鼓動のほうが明らかに速い。

「曹長から聞いた帝様の噂は本当のことかも知れないの。断言はできないけれど。でも玲達はクーデターを起こしてでも帝様をお護りしようと息巻いてるわ」

思いがけない言葉に百合はショックを受けた。以前、薫に話した噂がそんな大袈裟《おおげさ》なことになっているとは。

「わたしはどうしたらいいのかしら……」

薫がひとり言のように呟いた。その口調からは日頃の威厳は感じられない。

「大尉殿、しっかりして下さい。大尉殿はそんな弱気な方ではないはずです」

百合の熱の籠《こ》もったセリフに、薫は自嘲《じちょう》気味に笑って身を離した。

「皆、わたしを買い被っている。わたしは少しも強くないわ」

「いいえ！　大尉殿は強くて優しい方です。わたしの……大好きな大尉殿はっ……！」

百合の声は震えていた。だが、今の薫にとってそれは重荷だった。

いきなり薫が、インナーのサポーターショーツごとレオタードを脱ぎ始める。唖然《あぜん》とする少女の瞳に眩《まぶ》しいばかりの肢体が映った。張りのあるバスト。細くくびれたウエスト。そして、薄めのヘア。百合はその美しさに心を乱した。

「そう、あれは10年前……。わたしは昭成様に生まれたままの姿をお見せしたの。女として認め頂くために……」

薫は百合の手を掴《つか》むと自分の秘部へと導く。そこはわずかに湿っていた。

「その時、昭成様はわたしに性の快感をお教え下さった。以来、あの方のことを想うと身体の火照りが治まらないの」

「う……、うそ……。そんなの嘘《うそ》ですっ！」

少女は涙を浮かべて反論する。

「本当よ。その証拠に……」

薫が秘部にあてがった百合の手を無造作に動かした。緊張に震える指が敏感な場所を微妙に刺激する。ほどなく薫の中から熱いぬめりが滲《にじ》み出し、指先に糸を引いて絡みつく。

百合には目の前の出来事が信じられなかった。憧れの薫がこんなことをするなんて。全身の血が逆流する思いだ。

「嘘ですっ。わたしは信じませんっ！」

少女は薫の手を必死で振りほどくと大粒の涙をこぼして走り去った。

広い武道館には薫だけが残される。薫はため息をついた。つかずにはいられなかった。大切な人の心を傷つけてしまった。そんな思いが離れない。しかしその一方で、大切な人だからこそ自分の弱さを知って欲しかった、期待を裏切ってみたかった、とも思う。

いずれにしても、嫌悪感がその身を苛《さいな》む。薫は心の拠《よ》りどころを求めていた。無意識に帝の名を呟く。結局、自分には昭成しかいないのか。多香魅の報告書を読んでから、毎夜の如く夢に現れる想い人。そのたびに下腹部は濡《ぬ》れ、火照った。そして、精神を掻《か》き乱す欲情を鎮めるために繰り返される自慰。

薫は床の上に座り込んだ。秘部にはまだ百合の手の感触が残っている。そのまま上体をつっぷすと、今度は自分の手をあてがう。先刻から濡れていたそこは熱い泉となって愛液を湧き出させた。

薫にとっての自慰とは、いわば昭成との記憶のトレースに過ぎない。そのため溝をなぞり、揉《も》みしだく程度で充分だった。少なくとも数日前までは。

毎夜の行為に、薫はより激しい刺激を求め始めていた。知らずしらずのうちに心と身体が女の悦《よろこ》びを欲するようになっていたのだ。罪悪感から戸惑いを抱いていたのもつい昨日までのこと。自らを制御しきれない自分に半ば自暴自棄に陥っていた薫は、欲求を受け入れてしまった。百合に対する行動も、そうした精神状態によるものだったのだろう。

「んうぅん……くぅっ……うあぁっ」

薫は、たわむ胸を揉み、細い腰を振り、柔肉と鋭敏な突起をまさぐった。溢《あふ》れ出た愛液が腿を伝わる感覚に高ぶりが加速する。ピンと張りしこった胸の突起を指先でこねくるうちに、柔らかく瑞々しい肌に汗が滲んだ。高々と突き上げたヒップを振る。豊かなバストが連動してユサユサ揺れる。熱く火照った泉から溢れる愛液が、川の流れよろしく、下腹部の薄いデルタや太腿へと滴っていく。染み込んだ滴りが叢《くさむら》を湿原に変え、柔らかく細い毛先にいくつもの水玉をつけていた。湿原を抜けた雫《しずく》は臍《へそ》の辺りにまで達している。

空想の中で薫は理想の男性に身を任せていた。それは、幼い昭成と現在の昭成である。双丘を床に押しつけた薫は、両手を使って秘唇を刺激する。秘洞に指を挿入することまではおよびもつかなかったが、充血した鋭敏な突起を弄《もてあそ》ぶことは最近覚えた。新たに得た悦楽の所業に全身がわななく。

「あぁっ……んんぅん……あぁんっ」

全身を駆け巡る刺激が、少女を官能の頂へと昇り詰めさせていく。

「んぅんんっっっ……！」

一瞬の浮遊感。そして訪れる静寂。余韻に浸り、冷たい床に身を投げ出す。身体を支配する心地よさとは裏腹に、薫は涙を止めることができなかった。

帝都に夜の帷《とばり》が降りる。空には重く低い雲が垂れ、雨が降りそうだった。

色とりどりの鮮やかなネオンが躍る街並みを、仕事帰りの人々が家路を急いでいる。政局の混迷や社会情勢の悪化などどこ吹く風と、帝都には活気に満ちた喧騒が溢れていた。

そんな様子を横目に、玲は国防総省へ向かうタクシーの中にいた。

この10年、帝都は再開発ラッシュで湾岸から市街地までずいぶんと様変わりしていた。国防総省もそれまでの古風な建物から、未来的ともいえるインテリジェンスビルに改築されていた。玲は、出向中の近衛連隊長・有馬五月大佐を訪ねるところだった。

多香魅の作成した報告書を手に入れた玲は、いよいよもって思い描いた蹶起のシナリオを形にすることにした。が、親友で連隊の実質的指揮官でもある薫に切り出すには、まだ時期尚早に思えた。報告書を盾にしても、薫の首を縦に振らすには、まだしばらく時間がかかるだろう。事前に根回しを行う必要がある。連隊長を味方につければ、説得はさらに容易になるはずだ。そう考え、報告を装い国防総省まで足を運んだのだった。

正門前でタクシーを降りると、番兵がおざなりの敬礼をする。玲は無表情に答礼した。

春先から秋口にかけては不謹慎な輩《やから》が多い。近衛の極端に短いスカートの中を覗こうと屈《かが》み込む者さえいた。むろん近衛将兵はそんなことなど気にしないが、玲は帝国を護る軍人の中にまでそんな連中がいることが腹立たしかった。ともあれ、今の玲は外出用マントを羽織っていたので、番兵達は興味を示さなかったようだ。

玲は本庁舎に入ると、エレベーターホールで近衛連隊司令部附の連絡将校を見つけた。

「山口《やまぐち》大尉」玲の呼びかけに、将校が振り返る。

「安藤か。どうしたんだ？」

「連隊長殿に報告です。自分は週番司令ですので。連隊長殿は、いらっしゃいますか？」

「ああ。だけど先刻、田貫《たぬき》参謀本部長が来て、人払いをされていたわ」

「参謀本部長が？」

近衛と参謀本部とは犬猿の仲である。玲は胸騒ぎを覚えた。

「安藤、階級は同じでもあたしのほうが年上よ、先輩の忠告には耳を貸しなさい」

「え？」突然の言葉に玲が驚く。「なんですか、いきなり？」

「参謀本部とは、くれぐれももめごとを起こさないように。少なくともここでは、ね」

「そんな、言われるまでもないですよ」

「そう？　ならいいけど」

そう言って連絡将校の山口亜矢《あや》大尉は、軽くウインクをした。玲も笑いながら敬礼するものの、内心はドキリとしていた。

亜矢が立ち去るとため息が出た。やはり歳の功には勝てない。玲は苦笑した。

近衛本部と違い、どこか無機質な感じのする建物の14階に連隊司令部のオフィスがある。玲が顔を出すと案の定誰もいない。時間潰しに窓の外を眺めた。大都会の夜の闇の中に、帝都のシンボル・トキオ塔のライトアップされた姿が見て取れる。333メートルという、帝国内でも最高の高さを誇る構造物は、帝都のみならず帝国の永遠の繁栄を象徴するように、美しく威風堂々としていた。しかし、実際のところはどうだろう？　帝国は屋台骨に軋《きし》みが生じ、グラグラと揺らぎ始めている。

「その片棒を担いでいるのかもしれないな……」

18歳の少女は、そうひとりごちた。

その時、玲は奇妙な声を聞いた気がした。呻《うめ》きともよがりともつかぬ、まさに奇妙なものだ。耳を澄ますが、もう聞こえない。気のせいと思った時、声は再び耳に届く。今度はよりハッキリと。どうやら連隊長室からのようだ。訝《いぶか》りながら扉に耳を押し当てる。

「んっ、んぅむ……むぅあぅんん……」

ただならぬ気配にドアノブを掴むが、鍵《かぎ》がかかっていた。玲は声の主が連隊長の五月であることに気づいた。

「はふぅっ……んむぅぅぅん……」

五月の声は、苦しさにもがいているようにも聞こえた。慌ててドアを叩《たた》く。

「連隊長！　連隊長殿っ！　安藤ですっ!!」

玲の叫びに部屋の中で人の動く気配がした。やがてドアが開かれると、これみよがしに勲章をつけた厳《いか》つい男が姿を現す。参謀本部長・田貫完爾《かんじ》少将である。

「礼儀知らずの無粋者がっ」

少将はジロリと玲を一瞥《いちべつ》し、大股《おおまた》でオフィスを出ていった。その姿を黙って見送り、玲は連隊長室に足を踏み入れる。ドアに背を向けてたたずむ五月が瞳に映り込んだ。

「連隊長殿？」静かに扉を閉めて近づく。「どうなさったんですか？」

「見ないでっ！」

だが、玲は見てしまった。28歳の女性のわななく肩を。乱れ髪で涙を浮かべる顔を。しかも、肉厚だが上品な唇の周りには多量の白濁液が付着していた。

一瞬にすべてが理解できた。この部屋で何が行われていたか。五月の身に何が起こったか。玲の身体を怒りとも絶望ともつかぬ感情が支配した。あまりのことに言葉も出ない。

「情けないわね」五月が言った。「笑ってもいいのよ。蔑んでも……」

「そんな……。それよりどういうことですか？　よりにもよって参謀本部長とは!?」

玲が噛みつく。五月も参謀本部には嫌悪感を抱いていたはずである。

「連隊のためなの……」

「連隊長っ！　ハッキリ言って下さい！」

玲のまっすぐな瞳が五月を見つめた。もっとも、観念したかのように五月が語る内容は玲をさらに驚愕《きょうがく》させることとなる。

「もう2カ月も前になるわ。わたし……、あの男に犯されたの。それ以来、何度となくここで……」天井を仰ぐ拍子に、五月の頬《ほお》を一筋の涙が伝う。「初めは潔く自決しようとも思った。けれど、結局できなかった。今もこうして生き恥じをさらしている」

抑えきれぬほどのショックに、玲の身体が硬直した。

「連隊長、自分は納得できません。なぜ泣き寝入りするのですかっ？」

「名誉を守るためよ。連隊とわたしの……」頬を拭《ぬぐ》い、五月が続ける。「女にはね、どんなに正しい行動でも、できることとできないことがあるの」

今度は深く首を垂れてしまった彼女は、玲のほうへは顔も向けない。

「納得できません！　そんなこと、自分は全然納得できませんっ!!」

玲は繰り返した。五月の虚ろな視線が、室内をあてもなく彷徨《さまよ》う。

「そうね。それだけではないわね。わたしの中で、何かが目覚めてしまったのかもしれない。屈辱にまみれながら悦びを感じる自分に気がついたのかも……」

「やめて下さいっ！」

近衛の将校は誰も皆、連隊最年長の五月を尊敬していた。うら若き乙女だけで構成される近衛連隊では、たいがいの将兵は婚期を境に除隊してしまう。早い者で10代のうちに、平均でも20代前半といったところか。近衛に籍を置いたことは、本人のみならず一族一家の名誉となり、結婚に大きな華を添える。世間では近衛を花嫁修行の場と思う風潮があった。実際、玲もそう父親に薦められ入隊したのだ。そんな中、美貌《びぼう》の持ち主で性格もよい五月が28歳になっても除隊しないのは、ひとえに近衛を愛するが故と言われていた。

薫がこの有様を知ったらどう思うだろう？　玲は、ふとそんなことを考えてみる。

五月は困惑する少女を見つめ、その目前ですっと脚を開いた。近衛佐官の制服であるサイドスリットの入ったタイトスカートと両脚を包んだ黒いストッキングが、大人の色香を醸し出している。裾《すそ》を少し捲《まく》り、レースに飾られた黒いショーツの秘部に手をあてがう。

「今だって、ほら」そう言って差し出す指は濡れていた。「あの男のモノを咥《くわ》えさせられていながら、わたしのオンナはこんなに悦んでいるの」

五月の態度は、あたかも玲を誘っているようにも見えた。たじろぎつつも玲は本来の目的を思い出す。これはチャンスかもしれない。玲は気を取り直した。

「連隊長、今日はもう帰りましょう。自分がお送りします」

とりあえず五月を促す。参謀本部長が出入りしているとなれば、この場でクーデター蹶起の考えを打ち明けるのはまずい。五月の自宅のほうが安全である。

玲はポケットベルで山口大尉を呼び出すと、車の手配を頼んだ。


国防総省から北西に数キロ離れた内務省。その庁舎内にある公安情報局では、スタッフが情報収集に追われていた。総理辞任、内閣総辞職といった事態に不穏分子の動向を探ることが局の急務である。警察庁や帝国軍憲兵司令部とオンラインで結ばれているこの場所は、公安の中枢として機能していた。そのスタッフの大半をアナリストが占め、情報分析を主任務としている。

　残業覚悟で忙しく働くスタッフ達をよそに、公安武官・富士志朗少佐はオフィスの一画でひとりの若い女性と談笑していた。相手は、小椋花香《おぐらはなか》という23歳の新人アナリストだ。

「配属されたばかりで何かと不安もあるでしょう。ボクが見てあげましょうか？」

「見る……って、何をですか？」

「もちろん、花香さんをですよ。この時期に配属されたってことは、以前から担当していた専門分野があるのでしょう？　ボクのオフィスで、それを見せて下さいよ」

　そう言って笑うと、不意に背後から別の女性の声が届いた。

「おふたりとも、どうなさいました？」

　いかにもキャリアウーマン然としたその女性は、志朗の秘書を務める岩中友美《いわなかともみ》である。

「あれ、友美さん。こんな時間にどうしたんですか？」

　動揺の片鱗《へんりん》さえ見せずに志朗が言う。対する友美もなんら臆《おく》することなく口を開いた。

「ええ、ちょっと忘れ物を。お邪魔でしたかしら？」

　志朗は頭を掻いて苦笑した。定時明けとともに帰宅を許可しておいたのだが、志朗のお目付役を自認する友美は抜かりなく目を光らせていたようである。

「花香さんとは、ずいぶん親しくなられたようですね」

「い……、いやあ、別にそれほどでも」

「そうかしら？　ただ、狩りをするのは、くれぐれもオフィスの外でお願いしますわ」

有能な美人秘書は、トゲのある口調を残して踵《きびす》を返した。

もっとも、志朗がそれで引き下がるはずもない。友美の後ろ姿を見送ると、戸惑う花香の手を取って武官室へと歩き出す。

派遣将校である志朗のオフィスは、小ぢんまりとした部屋だった。そもそも、憲兵隊司令部ともオンラインで結ばれているわけだから、彼自身がこなさなければならない仕事はほとんどが事務的なものなのだ。けれど志朗はそれに縛られることなく、毎日自らの足を使って情報の収集を行っていた。

それはともかく、部屋のドアが閉じられてから10分としないうちに、志朗は甘美な味わいに舌鼓みを打っていた。

「い……、いやぁあん……ダメェ……。み……、見るだけって言ったでしょっ」

ソファーの上で半裸にされた新人アナリストは、暁の狩人《かりゅうど》の巧みな舌戯に喘《あえ》いでいる。

口では抵抗しているものの、すでに身体のほうはそれを放棄していた。

「ですから、みてますよ。お味のほうをね」

クスクス笑いながら、大きく捲られたスカートからのぞく剥《む》き出しの下腹部に、なおも舌を這《は》わしていく。

「そ、そんな……酷《ひど》いィィ……」

「心外ですねぇ。ここはこんなに悦んでるのに」

志朗が卑猥《ひわい》な音を立てて秘部を吸った。

「あっ……！　いやぁ、そんなコト……」

淫靡《いんび》な旋律に花香の精神はショートし、全身から力が抜けていく。それをいいことに、青年は大人の色香が匂《にお》い立つ叢に顔を埋め、花びらの中に舌を滑り込ませた。

「ああああぁぁぁぁぁぁぁぁぁ！」

花香がひと際大きな声をあげる。志朗は顔を上げ、乱れ髪越しに軽く耳タブを噛んだ。

「そろそろ本題に入りましょうか」

「う……、うん。挿入《いれ》れて……」

「いや、そういう意味じゃなくて……」

「イジワルしないで……、挿入れて」

花香が志朗の腰に両脚を絡める。しかたなく軍服のズボンからイチモツを出すと、しとどに濡れた花弁に押し当てた。なんの抵抗もなく、肉棒は根もとまで呑《の》み込まれる。

「ううぅぅん……、動かしてぇ……」

言われるままに軽く腰を動かす。

「じゃあ、話を戻しますよ」

「いっ、いいわぁあ」

花香は早くも恍惚《こうこつ》の表情を浮かべ、はだけたツーピースのスーツの胸もとに手を伸ばす。快活な女性アナリストは、ブラジャー越しに自ら乳房を揉みしだく。

「あぁ……、あたしの分析では……はうぅっ、こ、今度の組閣で……うぅうん……、太后様を推す連中がぁあぁぁん……、実権を握るとぉおぉ、思うのぉおぉ……」

艶《なま》めかしいビブラートのかかった声で、花香が言う。志朗は、彼女が快感のせいで話せなくならない程度に、腰の動きを調節した。

「ふうぅ……。だとしたら、帝様を推す連中は起死回生の一手を打つはずでしょ？」

抽送が弱くなると、花香は自らリズミカルなリードを取る。

「くぅうぅ……、その時、あ……、あなたはどうするぅううんっ……？」

沈黙。再び花香が尋ねる。

「あっ、あなたはどっちの味方なのォ……？」

「味方も何も……、自分の信じる道を進むだけですよ」

「そう……」突然、締めつけが強まった。「あたし達の敵になるかもしれないのねっ！」

いつの間にか花香の手には、羽のないダーツのようなスリーブダガーが握られている。

ターゲットは、むろん志朗である。だがしかし、刺殺用の凶器が標的に達することはなかった。いち早く志朗が花香の手首を押さえ込んでいたのだ。

「物騒だなぁ」

志朗がケロリと言った。花香の締めつけをものともせず、志朗の腰が激しく躍動する。

「ひっ！」刺客は悲鳴をあげた。「やっ、やめろォ!!」

叫びも虚しく、志朗の動きは激しさを増す。摩擦の熱が、彼女に肉体に快楽の火照りを呼び覚まさせる。下腹部を突き上げる感覚に、花香のオンナが順応し始める。太后が直々に授けたテクニックを身につけ、〝暁の狩人〟という異名を持つ志朗の前には、花香もひとりのオンナでしかなかった。時を経ず、憎悪が悦楽に変わっていく。志朗はそれを確かめるように腰をグラインドさせた。

「んっ、んあっ……はぁうぅぅぅん」

巧みな責めに、花香の手からダガーが落ち、乾いた音を立てて床の上に転がった。と同時に、志朗は花香の体勢を入れ替える。

ソファーの上に四つん這いになった花香は、自ら腰を高々と突き上げて振る。もはや志朗の暗殺などどうでもいい。オンナの本性を晒《さら》し、花香は快楽の虜《とりこ》と化した。

「あぁっ！　ああぁぁっ……いいィっ！」

花香が性の絶頂を迎えようとしているのを察して、志朗はイチモツを咥え込む柔唇の縁にある突起を捻《ひね》った。

「はうあっ！　はあぁぁぁんん!!」

狂おしい叫びに合わせ、志朗が秘洞の中に熱い液を放つ。その温もりを感じながら、花香の意識は深い闇の底に落ちて行った。

「やれやれ、面倒《めんどう》なことになって来たぞ」

どっかりとイスに座り込んだ志朗は、花香の服を整え「さて、食後の一服」とばかりに煙草《たばこ》に火をつける。そこへまた、秘書の岩中友美が姿を見せた。どうやら志朗のつまみ喰いを見越していたのだろうが、結果としてはちょうどよかった。

「やあ、友美さん。すみませんが、この女性を憲兵隊に引き渡してくれませんか」

「何があったんです？」

「まっ、色々と」

はぐらかす志朗。だが、友美は床に落ちていた深紅のショーツを目敏《めざと》く見つけ出した。

「でも、することはしたんですね」

「まいったなぁ……」

志朗は頭を掻きながら苦笑した。


雨が降っていた。12月には珍しい激しい雨だった。

近衛連隊本部の執務室で、薫はぼんやりと雨音を聞いていた。

「磯村中尉入ります」

薫の部下の磯村美里中尉が声をかける。

「連隊長代理、休暇帰宅者のリストをお持ちしました」

近衛連隊は、国防総省に出向している連隊司令部のほかに、ふたつずつの大隊と中隊で構成されている。実働部隊である戦闘大隊は週割りで宮城の警備を行い、待機中の各部隊員は順次当番制で休暇を与えられる。薫はリストを受け取ると、ざっと目をとおした。その中には作戦将校の多香魅の名があった。帝に関する報告書を作成して以来、塞《ふさ》ぎ込んでいるようだし、気分転換なのだろう。薫は、そう考えた。

「ご苦労。下がってよし」

美里が敬礼をして部屋を出ようとした時、薫はハッとして少女を呼び止めた。

「磯村中尉、野中曹長はどうした？」

通常、リストを提出するのは百合のはずである。

「野中曹長は大隊業務が忙しいらしく、自分が代わってやりました」

百合は薫同様、連隊本部中隊と第1大隊の職務を兼任しており、色々な雑務も請け負っている。「そうか」薫がポツリと呟いた。

美里が退室すると薫は机につっぷす。百合が報告に来なかった理由は明白だ。昼間、武道館でしたことはバカげたことだったと反省していた。百合はショックを受けたろう。おそらく今日1日は自分を避けるかもしれない。いや、果たして明日から以前どおりに振舞えるかどうか。薫は気が重くなる。窓を叩く激しい雨は、当分やみそうもなかった。

第3章　静かなる蠢き

翌朝は、まるで前日の雨が嘘《うそ》のように晴れあがった。あちらこちらに残る水溜りが、辛うじて雨の痕跡《こんせき》を物語っている。

近衛《このえ》連隊本部の前を走る国道14号線には、出勤のための都民の車の列が流れていた。毎日繰り返される日常的な情景。薫は、それを営門の傍らで見つめていた。時折、何人かの少女達が敬礼をして外へと出ていく。休暇を取った兵達である。薫は少女達の中に、外出用マント姿の多香魅を見つけた。

相変わらず塞《ふさ》ぎ込んでいるらしい多香魅は、薫の顔を見ると力なく笑う。

「立花大尉、大丈夫？」

軽く頷《うなず》くものの、多香魅の心中は複雑だった。帝に関する調査が薫に与えた衝撃の大きさは容易に想像できる。薫こそ平静ではいられないはずだ。報告書はあくまで客観的に作成したのだが、結果は蹶起《けっき》を推進する将校達に都合よいものとなってしまった。

あまつさえ、蹶起強行派将校の恫喝《どうかつ》に屈し、報告書のコピーを渡してしまったのだ。

多香魅の表情に苦悩を見て取った薫がさらに言葉をかけようとした時、営門前に1台のタクシーが横づけされた。車内から降り立ったのは薫の親友の玲である。連隊長・有馬五月大佐のマンションからの帰りであることは、薫も多香魅も知らない。

ふたりに気づいた玲が笑顔を見せる。

「連隊長代理、立花大尉も、ちょうどいい。お時間をいただきたい」

その清々しいまでの笑顔が、却《かえ》って薫達を不安にさせた。薫はそれを振り払うように、厳しい口調で親友と対峙する。

「安藤大尉、貴官の大隊は宮城警備の任のはず、いったいどこへ行っていたんだっ？」

「そのことも含めてご報告したいことが」

「ならば、この場で聞こう」

譲らぬ構えの薫に、玲は手にしていた鞄から一束の書類を取り出した。

瞬間、多香魅の表情が強《こわ》ばる。薫もそれが何か理解した。〝極秘〟と印されたその書類は、多香魅が作成した帝に関する報告書のコピーであった。

「どうしてそれを……」

薫は狼狽《ろうばい》した。多香魅も脅されるままに手渡したコピーを、こんなところで持ち出されるとは想像もしていなかった。

「ともかく中へ」

玲がふたりを促すと、隊舎から沙織が息急き切って走って来た。

「大変だ！　組閣が発表されたぞ」

突然の内閣総辞職は政界に混乱を生んだ。後任人事は難航し、帝国はこの数日間、無政府状態に陥っていた。そして今、ようやく新内閣が決定したわけだが、沙織の様子は何かよからぬ事態が起こったと推測させるに充分だった。

「新総理は東城日出男《とうじょうひでお》だが、内閣の顔ぶれはほとんどが太后派で占められてる」

一同は耳を疑った。東城日出男と言えば中道派の第一人者である。その東城が組閣に当たって太后派と帝派のバランスを考慮しないはずがない。政局混乱の発端は、そもそものふたつの派閥の対立にあったのだから。にもかかわらず、このような結果になったとすれば、なんらかの政治的策謀があったとしか考えられない。しかもそれは、太后派によるあからさまな帝派外し、いや、今後の展開しだいでは帝派潰しかもしれないのだ。

薫は戦慄《せんりつ》した。事態は最悪の方向に向かっているのだろうか？ 近衛の悪評を吹聴しているのはもっぱら帝派であるが、太后派の領袖《りょうしゅう》・本間進之助の配下には近衛とは犬猿の仲にある参謀本部がある。このままでは、どうしたところで玲の予想した近衛連隊の解隊もあり得ないとは言い難い。

「沙織、幹部将校を緊急召集！」玲が決然と言い放つ。「よろしいか、連隊長代理？」

弾《はじ》かれたように親友を見る薫。見返す玲の瞳には、一点の曇りもない。薫は頷くしかなかった。

様々の思惑が絡み合い、近衛連隊と帝都の運命は陽炎のように揺らめいていた。

南北に伸びる細長い4つの大陸から成る大ジャポン帝国。2600年の歴史と伝統を誇るこの国に、大きな嵐が吹き荒れようとしていた。嵐の中心は、建国以来常に帝都であり続けたトキオ市にあった。

そんな帝都の中央に位置する宮城。その北面にある近衛連隊本部では、動乱の幕開けを予感する事態が起こっていた。2階建ての古風な赤煉瓦《あかれんが》造りの本部ビル。建物の1階、連隊長執務室に隣接する将校会議室で、薫は沈痛な面持ちでいた。

広い会議室に、薫の親友で連隊の一翼を担う玲のよくとおる声が響く。

「諸君、新内閣の概要は先の報道で承知していることと思う」玲は続けた。「この組閣は明らかに帝様のご威光の失墜を狙《ねら》ったものだ。それどころか、背後には参謀本部の影も見え、政軍癒着の体をなしている。このままでは、かねてから危惧《きぐ》していたとおり、帝様ばかりか我々近衛連隊も窮地に追い込まれかねない」

今度は沙織が口を開く。

「手もとの資料を見て欲しい。作戦部長が作成した帝様に関する報告書だ。これを読めば帝様が宮城に幽閉されているという噂《うわさ》が事実に基づいているとわかる」

沙織は多香魅に視線を送った。以前は冷静に対応した多香魅も今は反論さえしない。

なぜだろうと薫はぼんやり考えてみた。しかし、理由がわかるはずもなかった。そもそも、どういう経緯で報告書が玲達の手に渡ったのか。

「今起たなければ我々は未来永劫後悔することになる」

そう言ったのは軍医官の牧村真理奈中尉である。

「我々の目的は、一刻も早く帝様をご解放差しあげることにあります。それは現在の混乱した国政を正常に戻すことに繋《つな》がり、国民のためにもなるはずです！」

管理主任・高嶺沢理保《たかねざわりほ》中尉も口を揃《そろ》えた。

いつの間にか、薫の知らないところでクーデター計画は進行していたらしい。真理奈と理保は、沙織や多香魅と同じく薫の統括する本部中隊の将校である。薫は足もとをすくわれた思いであった。

会議室に集まった将校のうち、玲と沙織はクーデター強行派、玲の部下である高橋南《たかはしみなみ》中尉と板倉恵美《いたくらえみ》中尉はむろん、真理奈と理保までが賛同し、多香魅と補給中隊の花見秋穂中尉は沈黙を守っていた。もはや薫の味方は、連隊長代理になる前から指揮を執る第1大隊の磯村美里中尉と浅香正枝《あさかまさえ》中尉だけだ。

「ことここに至っては起つ以外にない。起とう、薫！」

玲が覗《のぞ》き込みながら言った。薫は視線を躱《かわ》そうとして現実逃避を始めるのだった。

多香魅がストレスから暴飲をするように、薫は性的快感を求めることに走っていた。もっとも、会議中にあからさまな自慰をするわけにもいかないので、淫《みだ》らな白昼夢に没頭していたのである。そんな薫を白昼夢から引き戻したのは玲だった。

「連隊長代理。……おい、薫っ！」

ハッとして顔を上げると、一同が注目していた。淫らな妄想に浸っている間に、玲達と

第1大隊の2中尉が論争をしていたらしい。が、薫はうわの空だった。結果、玲が声をかけることとなった。薫はショーツに滲《にじ》み始めた愛液を悟られまいと両腿《りょうもも》をきつく閉じる。だが逆に、下腹部は鋭敏に反応して、じわじわとショーツを濡《ぬ》らしていった。それを意識しつつ、薫はようやく口を開く。

「蹶起が何を意味するか考えたことがある？　失敗すれば逆賊よ。そんなことに下士官や兵を巻き込こめと言うの？」

「巻き込む？」玲の表情が険《けわ》しくなった。「巻き込むんじゃないっ。これは近衛全体の問題だ！　お前こそよく考えてみろ。我々は今だって〝帝のハーレム〟と罵《ののし》られ、それどころか帝様をたぶらかして宮城に幽閉しているとまで言われているんだぞ。このままでは、何もしなくても逆賊にされてしまう！」

「そうだ」沙織も追従する。「敗れることを考えて蹶起ができるかっ！」

薫は多香魅に助けを求めた。玲と沙織の鋭い視線が多香魅に向けられる。冷静沈着な戦略家であるはずの少女は、耐えられずにうつむいてしまう。

「わ……、わたしは否定も肯定もしないわ」

今の多香魅にはそれが精一杯の答えだった。

「武力がなければ、連隊の団結がなければ、計画は成功しない。ともに力を合わせて帝様をお救いしよう！」力を込めて言った玲が、ふっと笑顔を作る。「薫、心配ない。下士官や兵達も必ず賛同してくれる。我々は帝様をお護《まも》りする近衛連隊なんだ。その大義を徹すのに、なんのためらいがあるものか！」

確かに道理ではあった。さらに玲の次のセリフが薫を打ちのめす。

「それにこのことは、連隊長殿もご理解下さったんだ」

瞬間、会議室内は異様な雰囲気に包まれた。歓喜とも戸惑いともつかぬどよめきが湧き起こる。薫は唖然《あぜん》とした。驚きの感情が全身の筋肉を硬直させて、下腹部にも無意識に力が入る。体内から搾り出されるように蜜《みつ》が溢《あふ》れた。

「いいか、諸君！　我々はすでに内務省情報局に動向を探られている。もはや、一刻の猶予もないのだ！　決行あるのみ。各自そのことを忘れるなっ！」

玲はそう締め括り、一同を解散させた。

薫は立ち上がることも言葉を発することもできない。そんな彼女に、多香魅は今にも泣き出しそうな表情で一礼すると席を立った。玲達も申し合わせたように多香魅を追って退出する。しんと静まり返った室内には、薫だけが残された。

多香魅や秋穂、ましてや連隊長までが蹶起を支持するというのか？　自分はどうすればいいのだろう？　薫は悩んだ。近衛連隊は軍隊である。軍人は命令に従えばいい。だが、命令を下すのは自分なのだ。薫の肩に近衛の名誉、部下達の名誉、そして大須家の名誉が重くのしかかっていた。

がっしりとした椅子《いす》に身を預け、薫は無造作にスカートの下へ手を伸ばす。そこは先刻からしとどに濡れていた。

薫の指はショーツの上から秘部を弄《もてあそ》ぶ。なぞったり、押したりという動作を繰り返した。蜜を吸収しきれなくなった生地から珠《たま》のような滴が滲み出し、椅子へと滴っていく。

片手をショーツの中に忍ばせると、指先が柔らかい叢《くさむら》を縦断して充血した鋭敏な突起に触れる。一瞬、全身をパルスが駆け抜けた。

「んんっ……！」

薫はフラフラと立ち上がり、上衣のボタンを外す。もどかしげに片方の肩を抜くと、ふたつの膨らみを包んだブラジャーを乱暴にずり上げた。プルンと揺れて、張りのある双丘が露《あらわ》になる。鮮やかに色づいたトップが、ピンと張り詰めていた。

指先でこりしこった乳首を摘まんでこねくりまわす。

「あ……、はぁぁぁぁ……」

熱い吐息が朱唇から洩《も》れ、会議机に上体をあずけた。机の上に押し当てられたバストが柔らかくたわむ。腰を浮かせ、机の角に秘部を擦《こす》りつける。

「くぅぅぅっ……！」

さらに薫は、両手を背後からショーツの中に潜り込ませた。ショーツの中はヌラヌラと濡れている。ヒップの割れめに殺到する10本の指は、ぬめる蜜を絡め取るように小刻みかつ大胆に蠢《うごめ》いた。

「はぁあぁんんっ……！」

リズミカルに身体を動かしながら、いつしか薫は3人の男性に犯されている自分を想像していた。なぜに3人なのか、またその3人が誰なのか、今は考えられるだけの思考力がなかった。ほどなく薫は頂に達する。

「あうぅぅんんんっっ！」

力なく床に崩れる薫。静寂が広い室内を支配した。

余韻に浸る薫は、わずかに開かれていた扉が静かに閉じられたことに気づかなかった。


「ホントは誰でもよかったんだ。でも、水前寺《すいぜんじ》さんでラッキーだったかナ」

贅沢《ぜいたく》な内装が施された部屋の一画、豪華なダブルベッドに腰を降ろし、モスグリーンのワンピース姿の少女が言った。

ライトブルーのジャケットスーツを着た青年が、カーテンを閉めながらニッコリと微笑《ほほえ》む。「水前寺さん」と呼ばれた青年は内務省公安担当武官の富士志朗少佐である。

「どうしてですか？」

「こんなステキな部屋で初体験できるんだもん」

水前寺と名を偽った志朗が、あどけなさを残すこの少女と出会ったのは、ほんの1時間ほど前のことである。帝都郊外に位置するキチジョルジュ街。閑静な住宅地の中にある若者の街である。東西に走る鉄道の駅を中心に、北側には繁華街、南側には公園区域が広がる。街を南北に縦断する公園通りをしばらく歩くと『アンヌミラージュ』という喫茶店があった。ウエイトレスのミニスカートが短いことで有名な店だ。1時間前、志朗はその店で遅い昼食をとっていた。平日の午後、しかも昼休みを過ぎていることもあり、店内の客は疎《まば》らだった。そして、その中に少女がいた。

志朗が店に入った時は数人の友達と一緒だったが、娘達はしばらくすると店を出ていった。別れ際の会話があまりに姦《かしま》しかったので、志朗は何げなく耳を傾けていた。

「じゃあね、お仕事がんばってね～」

「美加も早くカレシ見つけるんだよ」

「ムリムリ、近衛にいる限りロストヴァージンなんてできっこないって」

「それもそっかぁ。でもまあ、気を落としなさんな。近衛にいればお見合いの相手が殺到するわよ」

「そうそう。いい男、選り取り見取りじゃない」

「うっらやましぃ～☆」

そんな内容だった。少女が近衛の一員であることを知ると、志朗の頭の中に、ある考えが浮かんだ。もっとも先に行動を起こしたのは、少女のほうだった。

「あのォ〜……、隣、いいですかァ？」

臆《おく》することもなく少女が声をかけてくる。志朗は苺《いちご》ショートケーキを頬張《ほおば》りながら笑顔で尋ね返した。

「座るだけでいいんですか？」

少女が一瞬、ドキリとする。

「あたし、そんなにモノ欲しそうに見えます？」

「いいえ。とってもチャーミングですよ」

ミルクをたっぷり入れたコーヒーでケーキを胃に流し込み、志朗は平然と言った。

「変な人ォ。でも、いいや」少女はまっすぐに志朗を見つめる。「あたし、美加。……あたしを抱いてくれません？」

志朗にとっては願ってもないことであった。結果ふたりは、今こうしてここにいる。

その部屋は、キチジョルジュの中心街からほどない場所に建つシティホテルのスウィートルームだった。志朗が任務のために水前寺名義でキープしている場所のひとつである。

内務省情報局に務める彼の任務は、情報の収集にある。そして、情報源が女性である場合は、たいがいにおいて任務の遂行はベッドの上で行われた。それが〝暁の狩人《かりゅうど》〟と呼ばれる由縁なのだ。そうした任務ために、志朗は帝都の各所に常時部屋を確保していた。

「おや、美加さんは初めてでしたか」

「へへへ……、実は」

「まあ、近衛にいれば当然ですよね。でも、いいんですか？　近衛兵がこんなことして」

近衛の入隊資格は処女であることが絶対条件である。また、入隊後も異性との交渉はタブー視されている。

「えー？　何であたしが近衛だって知ってるのォ？」

「さっきお友達がそう言ってましたから」

少女はしまったという顔で、ペロリと舌を出した。

「このことは、ふたりだけの秘密よ！」

「契約成立というわけですね。それじゃあ、もうひとつ。どうして急ぐんです？」

「ロストヴァージンのコト？」

志朗は頷いた。

「さっきのコ達、学校にいってた頃の友達なの。クラスメイトの中で近衛に入れたのは、あたしだけ。最初は自慢してたんだけど、何カ月か振りに会ってみたら、ほとんどのコが初体験してるんだってて っ！　ショックだったなァ。あたしだけ取り残されたみたいで」

美加はそう言って天井を仰いだ。

「ナルホド。近衛に入隊したことを後悔してると」

「ううん。あたし近衛が好きよ。特に連隊長代理が」

「大須伯爵様のご令嬢ですね」

薫のことである。

「あれ、連隊長代理と知り合いなのォ？」

キョトンとして美加が言った。

「いやぁ～、まさか。お名前を知ってるだけですよ」

不意に少女が真顔になる。志朗は内心慌てた。

「水前寺さんって、もしかしてミリタリーマニア？」

マト外れなセリフに危うく吹き出しそうになる。

「それとも近衛マニアかな？　そういえばアンミラにひとりでいたし、結構Hなんだぁ」

私服姿で気さくな青年を装う志朗を、そうそう軍人とは見抜けまい。美加は変に誤解したらしい。が、志朗にとっては好都合だった。ともかく、この少女がどれほどの情報を提供してくれるか。〝暁の狩人〟の本領発揮といきますか。志朗は上唇を軽く舐《な》めた。

「優しくしてね……」

少女が頬を赤らめる。

「ご安心下さい。すべてはこの〝カブキチュール街の英雄〟こと水前寺にお任せをっ！」

そう言って勢いよく上着を脱ぎ捨てる青年を、美加がポカンと口を開けて見つめる。

「何それ？」

「未成年は知らなくてもいいコトです」

「あーっ！　子供扱いした。子供としたら犯罪でしょ」

さすがの志朗も10も年下の少女が相手では、なかなか自分のペースに持ち込めない。

「じゃあ、アダルトタッチでいってみましょうか」

半裸の志朗が美加を強く抱き竦《すく》める。少女は緊張して身を硬くした。繊細な動きで、首筋からショートカットのうなじへと指が這《は》う。美加の肢体は益々硬直した。

「怯《おび》えなくていいですよ。何か話でもしましょう。そうだ。近衛のことがいい」

耳を舐めながら志朗が提案する。美加は小さく吐息を洩らして頷き、少し声を上擦らせて話し始める。それによると、彼女は連隊内でも有名な〝情報屋〟らしい。

志朗はワンピースをゆっくりと脱がせながら、注意深く耳を傾ける。時折、舌先で愛撫《あいぶ》することも忘れない。ワンピースの下から、白地に苺のプリントをちりばめた愛らしいセミビキニショーツが恥ずかしそうに顔をのぞかせた。次いで、小さく膨らんだ双丘を覆うショーツと揃《そろ》いの柄のブラジャーがお目見えする。志朗の手がショーツの下腹部に伸び、木綿の生地に指が触れる。と、美加がそっと囁《ささや》いた。

「ま、待って……。下着、汚れると困るの……」

その反応に、志朗は軽い目眩《めまい》を覚える。今まで何人もの女性とベッドをともにしたが、美加のような年代は初めてであった。志朗から見ればまだまだ子供なのである。多少抵抗を感じたが、情報を得るためにはしかたがない。

ゆっくりと、だが確実に、少女を生まれたままの姿にしていく。ブラを取り去り、愛らしい胸の膨らみを解放する。そして最後の1枚、イチゴの柄のショーツを両足から抜き去るまで、美加は一言も発せずに目を閉じていた。

「そんなに緊張しなくとも大丈夫ですよ。そうそう、話の続きをしましょう。美加さんの好きな連隊長代理のこととか」

少女は目を閉じたまま、コクリと頷いた。

「あの方はホントにステキよ。あたし、貴族って悪いイメージしか持ってなかったけど、あの方は違うわ」

志朗は情報を引き出すために、小さな双丘、張り詰めた項、脇腹、そして太腿など、ありとあらゆる場所を優しく愛撫していった。

「あ……はぁぁぁ……」

薫に対する賛美の言葉が熱い吐息に変わり、身体が小刻みに震える。

「誰からも尊敬されているんですねぇ」

そう言って、ウブな下腹部に顔を寄せた。この先に起こる行為への期待と不安から、ジワジワと少女の蜜が滲む。透明な粘液をペロリと舌ですくった。

「はぁぁん……、と、当然よォ……。でも……」

志朗が動きを止めた。

「ど、どうしてそんなこと……、訊《き》くの……？」

「なんたってボクは近衛マニアですからね。そういう話を聞いてるほうが燃えるんです」

「そ、それって変態っぽいよ～！」

「じゃ、やめましょうか」

すかさず応酬。

「あぁん、そんなのダメェ～！」

美加は話の続きを始めた。最近、将校達の間にギクシャクとした雰囲気が漂っていることと。特に第2大隊長・安藤玲大尉や技術将校の小島と作戦部長・立花多香魅大尉の間がそうであること。さらに、今朝、薫と玲と多香魅の3人が口論しているところを目撃したこと。少女の話は、どれもこれも志朗を大いに満足させるものだった。

「面白い話ですね。ご褒美をあげましょう」

志朗は手早くズボンから分身を引っぱり出した。

すでに美加の秘部は、自らの愛液と志朗の唾液《だえき》でアヌスに至るまでしとどに濡れそぼっている。志朗は少女をうつぶせにさせると軽く腰を浮かせた。期待と不安に発育途上の身体がわななく。しかし、少女の抱いていた甘酸っぱい憧れは、無残に裏切られた。

「ひっ⁉　そ、そこは違うッ‼」

あろうことか、大きく誇張したイチモツは、ヒクつく泉ではなく、無垢《むく》な蕾《つぼみ》に押し当てられたのだ。

「いいんですよ。どうせボクは変態ですから。それに、美加さんにはロストヴァージンはまだ早い。もっとも考えようによっては、これもロストヴァージンですけど」

志朗が震える蕾へ、優しくも大胆に己を沈めていく。

「あぐぅうっ！　くっ、苦しいィィっ!!」

強烈な違和感に少女が呻《うめ》いた。が、志朗の卓越したテクニックは見事なまでに苦痛を中和する。美加の顔に、苦悶《くもん》と恍惚《こうこつ》の色がオーバーラップしていった。ほどなく、噛み締められていた唇から熱い喘《あえ》ぎが洩れ出す。

「あぁぁん！　変……、変なのぉ～っ!!」

指先で泉をまさぐり、腰を動かす志朗。少女も無意識にヒップをグラインドさせる。絶え間なく溢れる蜜が、幾筋もの雫《しずく》となって滴り落ちていった。

「もぅ、ダメェ～！　おかしくなっちゃうぅぅんんっ！」

髪を振り乱し、美加は頂へと昇り詰める。

「はぁうぅぅぅぅぅぅんんんんっ!!」

志朗も込み上げた熱いものを、一気に噴出させる。直腸の中に白濁液を出しきり、ゆっくり身を離す。力なくベッドにつっぷした美加は、そのまま気を失ってしまった。

「ご協力、感謝しますよ」

呟《つぶや》いた志朗は、手早く後始末を済ませた。

5分ほどして部屋を出た青年は、フロントの受付嬢に美加のことを託すと自分のオフィスへ電話をかける。昨夜は、大胆にも情報局に潜入していた刺客に命を狙われた。職務柄身に覚えはいくらでもあるが、昨夜の件は別だった。政府機関に刺客を送り込むとは、相当な権力を持つ者が背後にいるはずである。

『内務省公安担当武官室です』

電話の向こうで女性が応じた。秘書の岩中友美だ。早速、憲兵隊に引き渡された女スパイの状況を確認する。

『それが、憲兵隊ではそんな女性は知らないって言うんです』

友美の言葉に、志朗はあらためて納得した。背後の権力者によって、事件そのものが握り潰されてしまったのだ。

「そんなことだろうと思いました。まっ、いいです。それより友美さん、今日はこれから寄るところがあるので定時であがっていいですからね」

志朗は電話を切り、ロビーの外に目を向ける。

「雲行きは怪しくなる一方ってトコかぁ」

鮮やかな夕焼けを空を見つめながら志朗が呟くのだった。

蒼《あお》ざめた月光が、夜の闇の中に近衛宿舎を浮かびあがらせる。

ベッドに座った薫は、勧めたイスにちょこんと腰かける百合に話しかけた。

「それで、話というのは？」

15歳の少女はうつむいたまま言葉もない。消灯時間を過ぎてから薫の部屋を訪れた百合は、何やら思い詰めた様子でいた。

貴族制度社会の大ジャポン帝国だが、不思議と軍隊だけは身分差別がない。もっとも、いくら身分が高かろうと、無能な指揮官に統率された軍隊ほど脆《もろ》いものはないだろう。能力至上主義こそ軍隊の本質なのだ。その軍隊にあって、曹長という階級は下士官の最上位である。しかも連隊長代理附となればエリートを意味する。近衛将校になるためには士官学校を卒業せねばならないが、学校に入学するには厳しい審査基準のほかに幾許かの金がかかった。従って、誰でも入学できるわけではなく、審査に合格しても資金が工面できない者は、兵として近衛に入隊し、実力で推薦入学の資格を得ることとなる。推薦入学の資格は、『曹長を1年以上経験した者で、品行方正にして容姿端麗、かつ行動力および統率力に富むと連隊長が認むるに足る者』と、厳しい。

庶民の出である百合は、薫の連隊長代理就任と同時に曹長に昇進したので、あと10カ月もすれば推薦資格を得られるはずだった。そんな百合が、隊規に背いて薫のもとを訪れたのである。ただごとではないはずだ。

「黙っていてはわからないぞ」

薫はいったん言葉を切った。おおよそ理由はわかっている。やはりここは、自分から言い出すべきであろう。

「もしかして、あの時のこと？」

薫がためらいがちに言ったのは、昨日の武道館での出来事である。百合の前に裸身を晒《さら》し、あまつさえ自分の濡れた秘部を触らせてしまった。薫の問いに少女が小さく頷く。予想はしていたものの、気まずくならずにはいられなかった。

「そうか……」

薫は呟き、窓の外に目を向ける。ふたりの間に重苦しい沈黙が流れた。

百合のつぶらな瞳は沈痛な面持ちでいる薫の横顔を見つめていた。そして、しだいに視線を落としていく。憧れの大尉は、薄手のネグリジェの肩に軍服の上衣を羽織っていた。上衣の隙間《すきま》からは、シースルーの生地越しに透ける豊かな胸の膨らみと淡いピンクの乳輪がのぞいていた。少女はさらに視線を落とした。ウエストのやや下に純白のショーツのラインが見て取れる。ショーツの中には若草が茂っているはずだ。その秘密の花園の奥にある泉は、今も滾々《こんこん》と蜜を湧き出させているのだろうか？　百合はいけないと思いつつも妄想に駆られた。15歳の無垢な身が火照り、鼓動が高鳴る。おもむろに少女は口を開いた。

「あ、あの、大尉殿」上擦った声に薫が振り向く。「わたし、見てしまったんです……」

何を？　薫は無言で少女を見つめ返す。

「武道館で逃げ出してしまったあと、物陰から大尉殿のことを見ていたんです……。そ、それに……、今日も……会議室で……」

薫の表情は凍りついた。そんな、まさかっ⁉　自慰をしているところを二度にわたって見られていたなんて‼　血の気を失った顔は、次の瞬間には羞恥心《しゅうちしん》で真紅に染まった。

「申し訳ありませんっ！」

薫の表情の変化を怒りと勘違いしたのか、百合は短いスカートの裾《すそ》を両手できつく握り締め、涙を浮かべて頭を下げる。やがて、意を決したように、すっくと立ち上がった。固く目を閉じ、震える指で自分の軍服のボタンを外した。足もとにすとんとワンピースの制服が落ちる。唖然として息を呑《の》む薫の瞳に、未発育の肢体をジュニアタイプのブラジャーとやや丈の長いショーツで包んだ少女の姿が映り込んだ。

「の……、野中曹長っ⁉」

百合は目を閉じたままだった。睫毛《まつげ》に溜まった雫が、ポロポロと頬を伝っては落ちる。華奢《きゃしゃ》な身体が小刻みに震えている。

「大尉殿……、わたしはこんなことでしかお役に立てません。ですから……、ですから、どうぞ大尉殿のお好きなようにして下さい」

自分の取った行為が、これほどにも百合を追い込んでいたとは。深い自責の念に、薫は冷静さを取り戻していく。立ち尽くす少女の肩に優しく手を置いた。

「ありがとう。でも、気持ちだけで充分よ」

百合は潤んだ目を開くと薫を見つめる。

「わ、わたしでは、ダメなのですか？」

「そんなことじゃあないのよ」

涙に頬を濡らす少女は、自分の手をショーツの中に滑り込ませた。そして、ゆっくりと薫の目の前にかざす。指先には粘る液が糸を引いて光っていた。

「見て下さい。わたし、こんなになって……。昨日、大尉殿のお姿を見てしまってから、身体がどうにかなってしまったんです。お腹の下がムズムズして……」

薫はなんと言っていいかわからずに口を噤《つぐ》んでいる。

「本当は……、本当は昼間、ご相談にうかがったんです……。覗き見するつもりなんてなかったんです。でも……、でも、わたし……」

少女は取り乱し、わっと泣き崩れた。

「いいの……。いいのよ、もう……」

圧し殺した嗚咽《おえつ》を洩らす百合を立たせ、薫がいたわるように言った。まっ赤に腫《は》らした目で、少女はまっすぐに見つめてくる。

「大尉殿……」

「百合……」

薫は初めて、少女を苗字や階級ではなしに名前で呼んだ。それがよほど嬉しかったのだろう、百合は表情を輝し薫の胸に飛び込んできた。

優しく受け止める薫の肩から、軍服の上衣がハラリと落ちる。

「大尉殿……、ああ、大尉殿！　ずっと以前からお慕いしていました。わたしの薫様！」

ふたりは互いの身体をきつく抱き締め、静かに唇を重ねた。そうすることが自然であるかのように。長い静寂のあと、薫は唇を離して身に着けた衣類を脱ぎ始める。張りのある豊かな双丘が露になると、純白のビキニショーツを降ろした。薄く柔らかい叢が艶めかしい三角州を形成している。

百合も薫に倣って下着を脱いだ。発育途上の小さな膨らみの頂点で、愛らしい突起が張り詰めている。下腹部の叢はまだ疎らで、潤うクレヴァスがはっきりと見て取れた。

生まれたままの姿になったふたりは、どちらからともなくベッドに横になる。セックスはおろかレズプレイさえ未経験の少女達は、身体を密着させて何度も唇を重ね合った。

刺激ではなく安らぎを求めた行為は、激しくはないが熱がこもっており、美しいという言葉がふさわしい。

やがて、熱い吐息は穏やかな寝息へと変化した。

窓から差し込む月明かりが、ふたりの肢体をさらに美しく照らし出していた。

百合が薫の部屋を訪れる数時間前。

志朗はブンキョーク地区ハクサンブール街にある立花子爵邸の前にいた。

近衛兵の美加という少女から、作戦将校の立花多香魅大尉に関する情報を得た彼は、ホテルを出たあと軍服に着替えて子爵邸に向かった。美加の話が正しければ多香魅は休暇で自宅に戻っているはずだ。

「当たって砕けてみる価値はありそうだな」

子爵邸の門は閉ざされていた。日は暮れたとはいっても、まだ宵の口である。普通の貴族の家ならば社交華やかりし時間だ。にもかかわらず、邸内はひっそりと静まり返っていた。志朗は門を押してみた。鍵《かぎ》はかかっていない。門は音もなく開いた。小さな前庭を進むと玄関の脇で何かが動く気配がした。メガネの奥で瞳を凝らす。

気配の正体は毛並みのいい中型犬だった。恐らく番犬なのだろうが、「わん！」と一声吠《ほ》えると人懐っこそうに鼻を鳴らした。

「なんだ、番犬の役に立たないじゃないか」

犬好きの志朗はにこやかに話しかける。番犬は尻尾《しっぽ》を振って応《こた》えた。本当に人懐っこいのか、それとも志朗を同類と感じ取ったのか。

内務省情報局に勤務する志朗は、帝国の番犬とも言える。いや、〝暁の狩人〟の異名を持つ彼は、どちらかといえば猟犬かもしれない。

「どなたですか？」

突然、背後から声が聞こえた。慌てて振り返ると、いつの間にか女性が立っていた。

「これは……、夜分失礼します。自分は帝国軍少佐の水前寺です。立花多香魅大尉に火急の用事があり、参上致しました」

直立不動の志朗は、ここでも名前を偽った。

「妹に……？」

女性が呟く。言われてみれば多香魅と面影が重なる。

「はい。お取り次ぎ願えますか？」

「わかりました。おあがりになってお待ち下さい。あ……、申し遅れましたが、わたくしは多香魅の姉の貴世夢《きよむ》と申します」

「きよむ……様ですか。珍しいお名前ですね」

「貴族の世は夢の如《ごと》く虚しい……。父が、そう皮肉ってつけたものです」

志朗は絶句した。子爵家の令嬢が口にする言葉とは到底思えないことを、貴世夢は平然と言ってのけたのだ。彼女は何事もなかったように志朗を館へ招き入れ、玄関ホール脇にある応接間へと案内した。

「こちらでお待ちになって下さいな。すぐに多香魅を呼んで参りますので」

優雅というよりはサバサバした感じで会釈して、貴世夢は部屋を出ていく。

ドアが閉まると、志朗は室内を観察し始めた。

天井から下がる3つの大きなシャンデリアが印象的な広間は、しかし妙に質素でもあった。初めは部屋を彩る演出かとも思ったが、どうやら違うようだ。そもそも部屋の広さに対して装飾品があまりにも少ないのだ。質素というよりも殺風景なほどだ。

階級制度を重んじる大ジャポン帝国には、爵位を授かる貴族が存在する。第1位の公爵を筆頭にして、侯爵・伯爵・子爵・男爵の5階級があり、立花家は第4位となる。にもかかわらず、この屋敷には貴族特有の華やいだ雰囲気がなかった。

むろん、すべての貴族が優雅な暮らしをしているわけではない。多香魅と同じ近衛連隊の安藤玲大尉の家も、新興貴族ということで比較的質素な生活をしている。立花子爵は政治への関心に疎いと聞くが、それは薫の父である大須伯爵も同じだ。しかし、似たような立場で、同じ伝統的貴族であるはずなのに、両家の差は歴然としていた。

公安の情報局員として働く志朗は、社会の明暗部を見て来たつもりだった。それでも、一介の刀鍛冶《かたなかじ》の家に生まれた彼には、没落貴族の悲哀などわかるはずもなかった。

志朗は、壁に飾られた大きな額縁の前に立つ。それは家族の肖像画だった。10年以上前に描かれたらしい絵の中で、幼い姉妹がにこやかに微笑んでいた。

「お待たせしました。立花大尉、入ります」

軽いノックとともに多香魅が部屋に入って来た。近衛連隊大尉とはいえ、自宅にいてはひとりの少女に過ぎない。多香魅はモスグリーンのベストとスカートに淡いクリーム色のブラウスという出立ちだった。

「突然お邪魔して申し訳ないですね」

志朗がゆっくりと多香魅に顔を向ける。少女の表情が緊張から困惑へと変化した。

「富士少佐殿……。でも、どうして……」

「あなたにお訊きしたいことがありましてね。年頃の乙女の家に夜分お伺いするには、身分がハッキリしていたほうがいいでしょ? 軍人なら疑われることはありませんからね。もっとも、さすがに本名を名乗るわけにはいきませんでしたが」

志朗は屈託なく笑うが、多香魅は薄い唇を一文字に結んで目を伏せた。

「単刀直入に言いますが、あなたの知っていることをすべて話してくれませんか?」

穏やかな口調とは裏腹に、内務省公安担当武官は鋭い視線を多香魅に向けた。

第4章　進むべき道

近衛《このえ》連隊長代理・大須薫大尉のベッドの上で百合は目を覚ました。

まだ焦点の定まらない視線の先に、全裸の薫のふくよかな胸が揺れている。薫の名を呟《つぶや》き、百合は無意識に柔らかな双丘に顔を埋めた。少女は薫の言葉も耳に入らない様子で、肌の温もりと甘い香りに酔いしれていた。

「あっ、ダメ。百合ったら寝ぼけてるの？　ん、もう！　野中曹長、起床時間だぞっ」

その一喝で百合は我に返った。慌てて身を離し、ベッドの上でかしこまる。

「お、お早うございます、大尉殿。申し訳……、申し訳ございませんでしたっ！」

上目遣いで薫の顔色を伺う様は、あたかも主に叱《しか》られた仔犬のようだ。

「いいから、早く顔を洗って来なさい。今日は宮城警備の引き継ぎがあるのよ。ふたりそろって遅刻したら、玲になんて言われるかわかったものじゃないわ」

百合はコクリと頷《うなず》き、バスルームへと歩きだした。うなだれているせいか、一切の衣服をまとわぬ華奢《きゃしゃ》な後ろ姿が余計に小さく見える。そんな少女を眺めているうちに、薫の胸に昨夜の熱情が甦《よみがえ》って来た。生まれて初めて経験したレズプレイにも罪悪感は湧かない。その証拠に、薫は久しぶりに心地よい眠りを味わうことができた。百合との行為は、心の安らぎを取り戻す出来事だったと言える。そっと百合に近寄り、細い肩を抱き締めた。

小さな背中で柔らかな肉房がたわむ。張り詰めたトップを肌に感じながら、百合の中にも高ぶりが込み上げて来た。

「昨日はありがとう」

「わたしは、お役に立てたんでしょうか？」

少女の問いかけに薫は右手を離すと、自分の下腹部でモゾモゾと動かした。百合の目の前に差し出された指先には、愛蜜《あいみつ》がねっとりと絡みついている。

「お前のことを見ているだけでこんなになってるのよ。今夜も、来てくれる？」

返事の替わりに薫の手を取り、指先を口に含んだ。口の中にオンナの香りが拡がる。少女は舌を使って丹念に指を舐《な》め清めた。職務遂行の責任感が辛うじて理性を繋《つな》ぎ止める。そんな行為に、ふたりは危うく甘美な官能の世界に浸ってしまいそうになる。

それがなければとうに欲情に溺れていただろう。とにもかくにも、ふたりは急いで身仕度を始めた。

小1時間後。軍服に身を包んだ薫と百合は、連隊本部ビルにある執務室で、任務引き継ぎの準備に追われていた。本来、引き継ぎは各大隊の指揮官が連隊長の立ち合いのもとで行うのだが、薫が連隊長代理の任に就いているため、第1大隊は中隊長の磯村美里中尉が代行を務めている。そうこうするうちに、ふたりの指揮官が揃《そろ》って姿を見せた。

薫は安藤玲大尉から報告書を受け取ると、美里に顔を向け任務の引き継ぎを命じる。

「では、下がってよし。あ、いや、安藤大尉は残ってくれ」

薫が百合に目配せした。少女はそれに応《こた》えて報告書と命令書を手に、美里を連れて部屋の外に出ていく。それを見送って、薫は玲に来客用のソファーへ座るよう促した。

「玲……。今は職務を離れて話がしたいの」

「親友として？」と、玲がぶっきらぼうに言う。「親友として」薫はオウム返し答えた。

ふたりは士官学校時代からの親友だった。しかし最近は立場上の問題もあって友情を温め合う機会もろくにない。膝《ひざ》を交えて話をするのも久しぶりだ。

「少尉に任官した時のことを覚えている？　初めて部下を持って、希望に胸を膨らませていた頃……。もう3年も前なのね」

薫は懐かしそうに記憶を紐解《ひもと》いた。

「そうだな。同期生も沙織と真理奈だけになったし、3年なんてあっという間だな」

「確かにね。でも、それだけあれば人は変わってしまうのかしら？」

薫の言葉に玲の表情が強《こわ》ばった。

「薫……、何が言いたいんだ。お前らしくもないぞ。ハッキリ言ったらどうだ」

「わからない……。わからないのよ。玲のことも昭成様のことも、自分自身のことも。どうしてこんなふうになってしまったの？　今までどおりではダメなの？」

薫の口から出たのは、まさに親友に悩みを打ち明ける18歳の少女のセリフだった。

玲は一瞬言葉に詰まったが、すぐにかぶりを振って親友を見据える。

「ああ、ダメだ。お前もわかっているはずだ。だからこそ我々が起つんじゃないか！」

ふたりの間に重苦しい沈黙が流れた。北風がカタカタと窓を揺らす。空調の効いた部屋に、冷気が忍び込んで来たような錯覚が起きる。

「お前には言わないつもりだったが……」沈黙を破り、ためらいがちな声が洩《も》れる。「連隊長が……、参謀本部の田貫にレイプされた」

薫は自分の耳を疑った。今、玲はなんと言ったのだ？　連隊長が、レイプされた？　そんなバカな！　薫の脳裏に近衛連隊長・有馬五月大佐の落ち着いた笑顔が浮かんだ。薫同様伯爵家の令嬢でありながら、結婚除隊もせずに青春の16年間を近衛に捧《ささ》げてきた女性が受けるには、あまりに酷《ひど》い仕打ちではないか！

「あんな連中を放っておけるかっ！　我々の目的は粛正の名を借りた殺戮《さつりく》じゃない。帝様のご親政による現状の打破だ。この腐り切った世の中を正常にするための第一歩さ」

玲のセリフは出任せに近いものではあったが、あながち間違いではない。古からの体制の疲弊と永《とこしえ》の平穏が、世の中を怠惰にしている。そのことは、多くの人々が心に思いつつも、決して語ろうとはしない事実である。玲は身を乗り出し、薫の顔を覗《のぞ》き込んだ。

「決心してくれないか？　近衛はお前とともにあるんだ。お前の指揮で皆一丸となる」

相変わらず、玲の瞳には一点の曇りもない。薫は気持ちを落ち着かせるように呟いた。

「もっとよく考えさせて……」

「うん。でも信じてる。きっと承知してくれるってね」

そう言って玲はピシリと敬礼し、執務室を出る。

頑丈な木製のドアを静かに閉めると、玲は思わず天井を仰いでいた。幸いなことに、連隊長室受付に百合の姿はなかった。美里とともに出ているようだ。不意に涙が込みあげて来る。久しぶりにふたりきりで話ができたのに、なぜもっと楽しい会話にならないのだろう。時を経れば人は変わってしまうのか？　どうしてこんなことになってしまったのか？今までどおりではダメなのか？　薫の言葉は、玲自身の言葉でもあった。

「薫……。ああ、わたしが男だったら……」

玲の口から低く嗚咽《おえつ》が洩れた。

新内閣が発足したことで、大ジャポン帝国の政治空白は一応の決着を見た。しかしそれは、近衛連隊の少女将校達が予想したとおり新たな混乱の幕開けであった。

宮内大臣に就任した太后派の領袖《りょうしゅう》・本間進之助という影の実力者に操られた政府は、じりじりと、だが確実に本性を現しつつあった。彼らに対抗する帝派への圧力は、目に見えない形で加え続けられていた。本間の懐刀と噂《うわさ》される田貫完爾少将が統括する参謀本部。帝国軍の頭脳となる集団の国防総省内における行為は、その最たるものだった。

「はむぅう……んん……んぐっんぁあ……」

武人とは無縁の派手な内装の参謀本部長室に、くぐもった呻《うめ》きが流れる。近衛連隊長・有馬五月大佐の声だ。

「クックッ……、お前の舌遣いも上達したものだな」

下半身剥《む》き出しでイスに座る田貫少将が、いやらしく笑った。大きく開かれた股《また》の間では、全裸の五月が口いっぱいにいきり勃《た》つ怒張を咥《くわ》え込んでいる。まったりとまとわりつく快感に限界に達した田貫は、五月の頭を押さえブルッと身を震わせた。喉《のど》の奥まで挿し込まれた剛直の先端から、ドロリとした白濁液が噴出する。大量の粘液に五月は激しくむせ返った。満足そうに肉棒を引き抜いた田貫が、涙で濡《ぬ》れる頬《ほお》に残り汁を擦《こす》りつける。

「どうだ浜井《はまい》、貴様も味わってみぬか？」

浜井と呼ばれた細身の男は「はっ。恐縮です」と、軍服のズボンを降ろした。彼は田貫の腹心の部下で、高級参謀の肩書きを持つ大佐である。

すると突然、けたたましくドアが叩《たた》かれる。田貫は以前の出来事を思い出し、苦々しげに舌打ちした。その時は近衛将校に邪魔をされた。五月を自分の部屋に連れ込んだのは、邪魔が入らないようにするためだ。取り次ぎは断らせておいたはずだが、どうなっているのだ？　ドアを叩く音は、無視するにはあまりに喧《やかま》しかった。小心の官僚タイプである浜井はイチモツが萎《な》えてしまったらしく、もうすでに五月の口から引き抜いている。

「何事だぁっ⁉」

田貫が怒声を吐いた。ドアの外の相手はひるむ様子もなく名乗りをあげる。

「内務省公安武官・富士であります！　閣下にご報告があり、参上致しました」

田貫が怪訝《けげん》そうな表情をした。内務省の犬が乗り込んでくるとは、なんの用だ？
「今、取り込み中だ。あとにしろ！」
「いえ！　ことは急を要します故、何とぞお目通りを」
諦《あきら》めて引き下がる気はないらしい。
「えぇいっ、わかった！　しばらく待て」
謀《はか》りごとに長けた参謀本部長は、言い終わると一計を案じた。五月を抱きかかえたまま
イスに座り直し、浜井にドアを開けさせる。
「失礼します」
部屋に入った富士志朗少佐がまず見たものは、イスの上で交わる男女の姿だった。
「まさに然り。取り込み中と言ったろう。失礼ついでだ、貴様も一緒に楽しまんか？」
田貫は満面に下卑た笑いを湛え、五月の肉体をダシに志朗を誘う。しかし、青年は無言
のまま極めて冷めた視線を投げかけるだけだった。志朗が入室したことで正気を取り戻し
た五月は、逃げも隠れもできずに田貫の腕の中で身悶《みもだ》えていた。羞恥《しゅうち》と屈辱が全身を支配
する。五月には志朗の醒《さ》めた目が軽蔑《けいべつ》と哀れみの眼差しに見えた。
五月の妖艶《ようえん》な裸身を目の当たりにしても、表情も股間《こかん》も微動だにしない志朗。逆に、そ
の態度にすっかり萎縮してしまった浜井。それを見比べた田貫は落胆のため息をついた。
「むぅ……。で、何事だ？」

「はっ。実は、軍内部でクーデター計画があるとの情報を入手しまして」

五月がわずかに反応する。が、それに気づいたのは志朗だけだった。

「詳細は調査中ですが、軍内部には政府閣僚に不満を持つ者も少なくありません。部隊単位での蹶起《けっき》というよりは要人暗殺の可能性があります」

「ふん……」田貫は鼻を鳴らした。「しかし、それは憲兵隊の管轄だろう」

「はい。ですが万が一の場合、戒厳令などの対策は閣下のご判断によりますので」

「なるほどな。だが、クーデターはあり得んよ」

「はぁ？」ふてぶてしいほど自信たっぷりの田貫の態度に、志朗が思わず声を出す。

「どうせガセネタでも掴《つか》まされたのだろう」

田貫が厳《いか》つい肩を揺すって笑った。その動きに、繋がったままの五月の豊満な双丘もタプタプと波打つ。淫靡《いんび》な光景にも志朗は無関心だった。

「そうであればいいのですが、太后陛下からもしかと言い渡されております故、せめて近衛連隊長殿と宮城の警備について談議する必要があります」

太后の名を出されては、いかに田貫といえども無下にはできなかった。小生意気な太后のツバメめがっ！　田貫は腹の中で青年を罵倒《ばとう》した。

「ああ、わかった、わかった。好きにしろ」

うんざりした表情で肉棒を引き抜き、五月を床に放り出す。すかさず歩み寄った志朗が脱ぎ散らかされた衣服を差し出す。青年の眼差しは、いたわるように優しかった。

「では連隊長殿、ご同行いただけますか？」

五月は志朗の目を直視できず、うつむいたまま頷くだけだった。

10分後、身仕度を整えた五月は、志朗のあとについてエントランスを歩いていた。故事いわく「壁に耳あり障子に目あり」どこか別の場所でお話し致しましょうと志朗が提案したからだが、自分自身、一刻も早く田貫の呪縛《じゅばく》の届かぬところへ行きたかった。贅沢《ぜいたく》な内装のホールを無言で歩くふたりの間には、なんともいえぬ重苦しさが漂っていた。

「軽蔑……しているでしょうね」不意に五月が口を開く。「自分でも情けない限りだわ」

「とんでもありません。およその事情は山口大尉からうかがっています。自分がもっと早く参謀本部長のもとにいっていれば……」

「ありがとう。でも、きっと状況は変わらないわ。これからも同じことの繰り返しよ」

五月が自虐的に笑う。再び沈黙が流れた。

「大佐殿」今度は志朗が先に口を開いた。「少し走りますが、自分について来て下さい」

唐突なセリフに眉《まゆ》をひそめる暇もなく、志朗が脱兎の如《ごと》く走り出した。慌てて五月もあとを追う。庁舎の外に出ると、夕暮れの人気も少ない通りを、長々と続く塀に沿ってひた走り、ようやく途切れた角を曲がった。

曲がり切ったところでピタリと志朗が立ち止まる。五月もそれに倣った。大きく息を弾ませると志朗が制す。青年は五月を塀際に寄せて、自分達が来た方角に耳を澄ました。バタバタとした複数の足音が近づいて来るのが聞こえる。

やがて4人の男達が角を曲がって現れた。彼らは目の前に志朗達を見つけて狼狽《ろうばい》した。

志朗はその一瞬を逃さずに軍刀を抜き放つと、たちまち3人を打ち倒した。辛うじて志朗の一撃をかわした男も五月の一閃《いっせん》で昏倒した。

「わたしだって軍人の端くれよ」

感嘆の表情を浮かべる志朗に、五月は笑って言った。その顔には先ほどまでとは打って変わって、自信と誇りが溢《あふ》れていた。

「それよりこの連中は？」

「わかりません」志朗が肩を竦《すく》める。「が、連中には訊《き》くだけムダのようです」

志朗も五月も峰打ちをしたはずだったが、男達は皆一様に痙攣《けいれん》し口から血の泡を吹いていた。毒を呑《の》んだらしい。ただの暴漢でないことだけは明らかだった。

「とりあえず、この場は逃げましょう」

ふたりは急ぎ足で立ち去った。

大晦日《おおみそか》。昭成10年も、いよいよ大詰めを迎えていた。

31日夜半から翌年元日にかけて、帝国では、旧年を労い新年を慶ぶためのセレモニーとして恒例の皇家式典が行われる。近衛を儀仗兵《ぎじょうへい》とした帝皇の姿と御言葉が、宮殿内大広間からの生中継で全国に送信されるのだ。この式典こそが、帝皇と国民の一番身近な接点であり、近衛にとっての最高の晴れ舞台でもあった。

何よりも、普段ブラウン管を通してしか拝《おが》むことのできない帝皇を、すぐその傍《そば》で拝謁することができ、しかもその様子が全国ネットで流れるのである。少女達にとっては、故郷に錦を飾る最高のチャンスであり、一生涯の思い出として語り継げる体験となるはずであった。そして今回、儀仗隊の指揮を執るのは薫である。3年前、少尉に任官したての薫は、初めての式典で名誉ある連隊旗手を親友の玲とともに務めた。

以後、式典には常に参加し、今日ここに儀仗指揮官の栄誉を受けたのである。久しぶりに間近で昭成と会える。言葉を交わすことは叶《かな》わずとも、すぐ傍に仕え、帝の視線を感じるくらいはできるだろう。薫の心は高ぶった。

やがて、宮城の中心・荘厳な造りの宮殿内で、皇家式典が厳かに始まった。

宮殿最大規模の大広間・帝皇謁見の間に整列した儀仗兵が作る通路を、大ジャポン帝国第252代帝皇・昭成と、帝の実母である太后・御西の方がしずしずと並んで歩く。

華やかなコスチュームと厳粛な儀式の絶妙なコントラスト。静と動を色彩とデザインで表現したきわめて視覚的なセレモニー。宮殿に招かれた賓客達の中から、感嘆のため息が洩れるほどの光景は、宮廷女官達が仕切る皇室報道部門によって帝国全土にテレビ中継され、見る者を魅了した。そして、時計の針が今年の終わりと新年の始まりを同時に告げると、皇座に立った昭成帝が昭成11年の幕開けを宣言する。その御言葉に、賓客の中から歓声があがった。それはまた、宮城の周囲に詰めかけた多くの人々や、テレビの前に釘づけになる人々にも言えたことだった。

昭成は、なおも朗々と新年の期待と希望を説き、国民を鼓舞していく。凛々《りり》しい少年帝皇と、その傍らに並ぶ息を呑む美しさの太后は、神秘的なオーラに満ち満ちていた。

そもそも大ジャポン民族の始祖は、天から舞い降りた800万の神々だと言われる。中でも皇家は最高神アマテラェスの直系とされ、初代・倭神帝より2600年間、必ず男子を設け、脈々とその血統を受け継いでいるとされる。帝皇は男子でなければならない。この不文律が、男性優位社会の根幹である。

帝皇の妃《きさき》は、代々広く帝国中から選ばれるが、近衛連隊の創設からは決まって近衛将校の中から選出された。現太后・御西の方も元近衛大尉で、最後の重臣といわれた高村《たかむら》公爵の令嬢である。近衛が〝ハーレム〟と揶揄《やゆ》されるのは、そうした理由にもよるのだ。いずれにしても、密室性の高い宮城に籠《こ》もり、年に数度の公式行事にしか姿を見せないという閉鎖的な体質が、帝皇を初めとする皇家をことさら神秘的なベールに包んでいた。

儀仗を行う近衛の前で、昭成は昨今の社会情勢に触れた。その中には当然、帝国議会に対する言及もあった。だが若き帝皇は、世の安定こそ国家の安泰と繁栄を呼ぶとは述べたが、権力に固執する政争が愚の骨頂と切り捨てはしなかった。また議会で交わされた不穏当な発言に対するコメントもなかった。すべて曖昧《あいまい》に済まして次の話題に移ってしまう。噂の真偽を見極めようと、御言葉に耳をそばだてていた近衛将校達は、どこか肩を透かされた思いだった。結局のところ真偽は謎のままである。

昭成の演説のあと、いくつかの関連儀式がつつがなく執り行われ、式典はフィナーレを迎える。帝都に訪れる新年のご来光。東の水平線からゆっくりとその姿を現した太陽が、清々しい光を分け隔てなく与えていく。

こうして、新年の幸を祈り、夜を徹した一大セレモニーは静かに幕を降ろすのだった。

年が変わってからというもの、寒さは一段と増した。

その夜、空を覆うどんよりとした雲からチラチラと粉雪が舞い降りていた。公共施設やオフィスビルが林立する地区と向かい合わせの近衛連隊本部は、午前0時を過ぎ、ひっそりと静まり返っている。赤煉瓦《あかれんが》の本部ビルから離れて建つ連隊宿舎の一室、薫の部屋。そこではふたりの少女がベッドの上で戯れていた。

百合が毎晩消灯時間後に訪れるようになって、もう1週間以上になる。

「薫様は、帝様とご結婚なさるのですか?」

張りのある胸に頬を寄せていた百合が口を開く。薫は少々面喰らった。

「そんな畏《おそ》れ多いこと……」

「でも、愛していらっしゃるんでしょう？」

「国民は皆そうよ。お前だってそうでしょ」

言っておいて薫は考えた。本当にそうなら〝帝派〟と〝太后派〟の争いなど起こるはずないのだが。一方、模範的な回答に納得いかない百合は質問を変えてみた。

「じゃあ、薫様はどなたとご結婚なさるんですか？」

「わからないわ。まだ……」

今度の答えは薫の偽らざる気持ちである。昭成との結婚は、大ジャポン帝国の皇后になることを意味する。伯爵令嬢の薫にも資格はあるのだろうが、名家といわれる貴族はほかにいくらでもいた。数多の妃候補を差し置き、自分が結婚できるものだろうか？　薫にははなはなだ疑問だった。となれば、一生独身で徹すか、あるいは別の男性と結ばれるか。

大須伯爵家の安泰を考えると、婿を取ることになるのだろう。きっと父が縁談を持ってくるに違いない。果たして、その相手とは……。

一瞬、薫の脳裏に富士志朗の笑顔が浮かんだ。太后の信任が厚い彼に、父が白羽の矢を立てることはありえなくはなかった。

「百合はどうなの？　誰か好きな男性はいないの？」

いきなり質問を切り替えされて、少女は口籠もった。

「わたしがお慕い申し上げている方は……、薫様だけです」

百合の答えもまた、正直な気持ちの表れだった。

薫は胸が熱くなった。思わず少女を抱き締める。ふたりはディープキスを繰り返した。

昨日までは安らぎを求めて互いの肌の温もりを分かち合っただけだったが、今は激情が身体の悦《よろこ》びを求めて止まない。いつしかふたりは、めくるめく官能の世界に身も心も蕩《とろ》かし始めていた。薫は少女の幼い双丘に舌を這《は》わし、愛らしい突起をコロコロと転がす。そして指先が若草を撫《な》で、秘密の花園に触れた。百合の潤いがねっとりと絡みつく。

「ふふ……。百合ったら、もうこんなに」

少女の鼻先に濡れた指先をかざして薫が笑った。

「そんなぁ……、恥ずかしい……。でも……」

百合はそう言って、薫の湿原に手を伸ばした。

「か、薫様も、ほら……」

今度は少女が指をかざした。百合よりも大量の蜜が糸を引いて絡みついている。ふたりは顔を見合わせて笑うと、互いの指を丹念に舐めた。口の中に互いの味が拡がっていく。

自慰の経験がない百合を、天性の指導力で優しくリードしながら、薫は舌、唇、指、双丘、花園、太腿《ふともも》と、ほとんど全身を使って愛撫《あいぶ》する。頭の先から足の先まで、まんべんなく薫を感じた百合が、恍惚《こうこつ》の表情で憧れの相手を求め、受け入れる。

熱い吐息。乱れ振る髪。滲《にじ》む汗。滴る愛蜜。しなやかに絡み合うみずみずしい肢体。幻想的ともいえるふたりの行為は、互いが眠りに落ちるまで絶え間なく続いた。

熱情の吐息が安らかな寝息に変わった頃、窓の外の雪は本格的な降りになっていた。闇夜にしんしんと降り積もる純白の結晶は、束の間の静寂に包まれた帝都のすべてを覆い尽くしていく。そんな中、薫は夢の中にいた……。

爽やかな風が芝の上を渡り、新緑の隙間《すきま》から木漏れ陽が優しく降り注ぐ。まるで小さな公園のような庭で、のどかな時間が過ぎていく。心地よい風に頬を撫でられながら、薫はひとり庭の隅でたたずんでいた。その瞳は温かい光を湛えて辺りを眺めている。

花壇の向こうに建つ大きな館は、13年間暮らした懐かしい我が家。父娘ふたりと数人の使用人だけでは到底使い切れないほどの部屋数を有し、豪華な調度品が誇らしげに並ぶ伝統と格式の名門伯爵家邸。そこは、薫には極あたりまえの日常を提供してくれたものだ。

薫の前をふたりの子供が駆け抜けていく。あどけなさの中に気品を漂わす少年少女。皇太子時代の昭成と幼い頃の自分だ。ふたりは連れだって木立の間に消えていった。

薫は誘われるように後姿を追って茂みに分け入る。子供の頃は大木と思っていた木々も、今にしてみればさほど大きくは感じない。近衛の華やかな軍服や軍装に、柔らかな若葉がまといつく。緑のカーテンを片手で払った先に、少年と少女がいた。

いかにも子供物らしく、パステル色のリボンで飾られた白いショーツ姿の少女を、少年が見つめている。やがて、少女がゆっくりした動作でショーツを膝の位置まで降ろした。露《あらわ》になった秘部には、まだ恥毛も生えていない。無垢《むく》な溝がクッキリとうかがえる。幼い秘裂に少年が手を伸ばした。と、突然、少年が振り向く。ふたりのやり取りを固唾《かたず》を飲んで見守っていた薫は弾《はじ》かれたように身を引いた。緑のカーテンが少年達の姿を隠す。

動揺した薫が2、3歩後ずさりすると、新緑の向こうから人影が現れた。

「かほ……」

呼びかけられた薫は目を見張る。現れた人物は17歳の高貴な若者だ。伝統的な宮廷衣装に身を包み、喩《たと》えようもない優しい眼差しをしている。薫の全身が小刻みに震えた。

「し……、昭成様……?」

幼い皇太子殿下ではなく、若々しい帝皇の姿となった薫の想い人は、18歳の少女の肩にそっと手を置く。「かほ……」帝の温かい声が全身に染み入っていく。

即位以来、一度も見たことがない昭成の優しい笑顔。年始の式典でも、ついぞ見ることができなかったそれが、今、薫の目の前ほんの30センチのところにある。

「昭成様……。ああっ、昭成様！　お慕い申しています。お慕い申していますっ！」

感情の赴くままを声に出す。様々なしがらみで、普段なら絶対に口にできない言葉が、いとも簡単に言えた。薫は、10年の間に自分より背が高くなった少年の胸に顔を埋めた。

「初めてお会いした時からずっと……」

「真実《まこと》か？」

肩に添えられていた昭成の手が背中にまわる。愛しい男性に抱き締められ、溢れる涙に頬が熱く濡れる。薫は「はい」と頷き続ける。

「前帝が崩御された日以来、わたしはあなた様のことを考えるだけでショーツを濡らしてしまう、ふしだらな女になってしまいました。ですが、それは昭成様をお慕い申すが故」

言いながら下腹部に抑え切れない火照りと疼《うず》きを感じる。いつの間にか、ふたりは一糸まとわぬ生まれたままの姿になっていた。薫は自分の秘部に手をあてがい、すでにいくつもの滴を垂らしている花園から甘美な蜜を絡め取った。目に涙を浮かべて少女は訴える。

「ほら、このとおり……」

あの時と同じだった。幼い頃のふたりが、戯れで体験したペッティング。いや、正確にはペッティングとも言えない曖昧な体験。薫の秘唇は昭成に触られたわけでもないのに、ヌルヌルとした液を大量に溢れさせている。

「かほ……、余にはわからない。どういうことなのか、わからないのだ」

昭成が困惑の表情を見せた。瞬間、薫の身体は絶望に打ちひしがれる。10年間、昭成を求め続けて来た心が張り裂けそうだった。

「わたし……、わたしではだめなのですね？　ではお教え下さい！　わたしはこれからどうすればよいのですか⁉」

「そなたは強い女性だ。進むべき道は自分で選ぶがよい。余には何もできぬ。何ひとつ」

苦しげに昭成が言う。薫は大きくかぶりを振った。どうして皆そう言うのだろう？　強くなどない、極普通の少女だ、となぜ言ってくれぬのか？　名門伯爵家の跡取りであるとか、近衛連隊の連隊長代理であるとか、そんなことで言われるのなら、すべてをかなぐり捨ててもいい。ただ愛する男性と結ばれたいだけなのだ。18歳の少女は泣きじゃくった。

「かほ……」昭成が優しく抱き締める。

ふと、薫は帝の身がひどく冷たいことに気づいた。最初は自分の身の火照りからくる温度差かとも思ったが、それにしても冷た過ぎる。体温が極端に低いとしか思えないのだ。

自分の熱を分けて温めなければ……。薫は、豊かな双丘を冷たい胸板に強く圧し当て、しがみついた。ピタリと密着させる薫の全身から、大量の熱が奪われていく。が、昭成の体は温まる気配もなかった。それでも、いいや、だからこそ、薫は激しく昭成に絡みついた。熱く女芯《にょしん》をたぎらせ、込み上げる情熱は留まるところを知らない。胸の高鳴りに視界がぼやけ、狂おしい想いが思考の混濁を呼ぶ。

昭成は薫の全身全霊をかけた激しい情熱を黙って受け止めていた。蜜を垂らしてわななく秘唇に、ほのかな温もりが触れる。それは溢れる蜜を絡め取るように、薄い叢《くさむら》と柔らかい秘唇、さらに震える小さな蕾《つぼみ》さえも万遍なくなぞる。背筋を何度も電流が駆け抜け、可《か》憐《れん》な唇の隙間から甘美な吐息が洩れた。そして灼熱《しゃくねつ》の泉に温かくぬめる感触が侵入する。

認識できずにいた。

成に抱きついているという感覚もない。解放された五感はめくるめく快感に蕩け、現状を

悦楽の痺《しび》れが全身を巡り、目眩《めまい》とともに周囲の景色がグルグルと回り始めた。もはや昭

「ううぅんんっ!!」

「あぁぁぁぁんんんっ！　昭成様ぁっ！」

得もいわれぬ浮遊感に包まれた薫は、挿入された異物によって遥かな高みへと押し上げられる。官能の頂へと昇り詰めた意識は、漆黒の深淵に向かってまっすぐ落ちていった。

「昭成……様……」

ぼんやりした意識の中、薫は無意識に帝の名を呼んだ。潤んだ瞳が虚ろに宙を彷徨《さまよ》う。

身体が熱く、呼吸は乱れていた。視線が宙に浮かぶ一点のほのかな光に注がれる。息が整うのと同時に視界がはっきりする。光の正体は淡いオレンジ色の常夜灯だった。

ノロノロと身を起こし辺りを見まわした薫は、自分が宿舎のベッドの上にいると気づく。すべては夢だった。深い呼吸に合わせ、汗に塗れた豊かな双丘が上下する。薫は全裸だった。みずみずしく艶《つや》やかな肌が、水を浴びたように濡れ光っている。寝汗……、いや、むろんそれだけではない。淡い光に浮かぶ薄い叢からヒップにかけて、ねっとりとした液体が滴っていた。ヒクつく秘唇から溢れたのは明らかである。汗と愛蜜の混合液はシーツに染みを作るほどの量だった。薫は額の汗を拭《ぬぐ》い、濡れてまとわりつく前髪を軽く払う。

ため息をついて自らの花園を見つめた。湿原と化した叢で、細く柔らかいヘアが肌に張りついている。その先のクレヴァスは、少々身体を動かしただけでも、淫靡な音を立てるほどにぬめっていた。昭成に抱かれたのが夢だとしても、薫が絶頂を迎えたのは事実だ。

それにしても……。薫は夢を思い起こした。今まで見た昭成の夢は、すべて即位前の幼い少年だった。初めて帝として夢に現れた昭成に、何か意味があるのだろうか？

薫は、夢の中で昭成が言った言葉を思い返す。その言葉……。冷たい体……。帝は何かメッセージを伝えたかったのか？　どうにも胸騒ぎがする。

「まさか……、救いを求めていた……？」

薫はもう一度汗を拭った。身体が熱い、熱過ぎる。

ふと、暖房のせいだと気づいた。ベッドの枕元《まくらもと》に置かれたリモコンを手に取る。現在時刻は午前4時、設定温度30度、室温28度と液晶モニターに表示されている。熱いはずだ。

薫は温度設定を22度にすると、自分の隣で背中を向け横になっている全裸の少女を見た。毎晩のように部屋を訪れる百合と薫は、ふたりだけの甘美な世界に浸っていた。今夜も、ほんの3時間前まで熱情の宴《うたげ》を繰り拡げたばかりだ。

15歳の華奢な少女もまた、全身に珠《たま》の汗をかいていた。薫は実の妹のように愛しい純真な部下の後ろ姿に目を凝らす。白いうなじ、細い背中、小さなヒップ。

不意に百合の双球が細かく震えた。よく見ると、ヒップの谷間から腿のつけ根にかけて、汗とは違う液体がタラタラと流れている。薫が小さく呼びかけると百合の身体がかすかに反応した。どうやら目は覚めているらしい。身を乗り出した薫は、少女の顔を覗き込んだ。

「イ……、イヤ……。薫様、見ないで下さい」

瞼《まぶた》をきつく閉じ、唇を噛み締めて百合が言う。少女は両手を腿の間に軽く差し込み、溢れる泉に栓をするかの如く、愛らしい秘唇を押さえていた。

「もしやお前、わたしが寝ている間に……」

「申し訳ありません……。申し訳ありません！」

謝るばかりの少女の肩を掴んで仰向けにした薫は、華奢な身体を跨《また》いで相対した。

一瞬、百合のつぶらな瞳が憧れの上官を見る。が、すぐにまた瞼を閉じて顔を逸《そ》らす。

「百合、いや、野中曹長！　わたしの顔を見ろ！　これは命令だっ」

厳しい口調に、少女はおずおずと瞼を開いた。潤んだ目の縁から涙がこぼれる。

「何があった？　何をした？」百合は黙っていた。「答えないかっ」

ふたりの瞳に互いの顔が映る。ようやく少女の可愛らしい唇が動いた。

「か……、薫様が突然うなされたので、目を覚ましました。お口もとに耳を近づけると、冷たいというお声が聞こえたものですから、暖房を強くしたのです。そうしたら……」

百合が口籠もった。薫は続けるようにと促す。

「そうしたら、薫様が急にわたしの身体をお抱きになって、わたしは、わたしは……」

そこまでが限界だった。少女は、わっと泣き出してしまう。薫も無理に強要することを避けた。答えがわかっていたからだ。夢の中で帝に抱かれたと思ったのは、百合がした行為のフィードバックだったのだ。秘唇に侵入したのも少女の舌だった。しかし、だとすればなおのこと、夢の前半、つまり昭成との会話には、やはり何か意味があるのだろうか？ 普段見ない夢、昭成の言葉、胸騒ぎ。薫はむせび泣く少女の顔を見つめながら呟いた。

「進むべき道は自分で選ぶ……」

帝が宮城に幽閉されているという噂や、親友の玲達のクーデターの話を聞いて以来、曇りがちだった瞳に再び輝きが甦りつつあった。表情が引き締まる。

「野中曹長、わたしは決めた」

涙を拭って見上げた百合は、そこに憧れの近衛士官・大須薫の凛《りん》とした姿を認めた。

「薫様……？」

「わたしは決めたのだ。夜が明けたら忙しくなるぞ」

いったん言葉を切り、ふっと笑みを洩らす。薫の腰がストンと百合の下腹部に乗った。少女の未だ生えそろわぬ叢に、温かくぬめる秘部が押し当てられる。

「だがその前に、お前は、まだなのだろう？」

頬に軽く口づけして、涙の雫《しずく》を舐める。少女の華奢な身体が悦びに打ち震えた。

「ああ、薫様！　百合はずっとついて行きます！」

この先、何が起ころうと、どんな時も！　そんな百合の想いを噛み締めるように、薫は身を重ねた。ふたりは起床ラッパが響くまで、互いの熱情を激しく求め合った。

1月も半ばを過ぎ、大ジャポン帝国の帝都・トキオは連日白銀の装いをなしていた。暖冬と思われていたこの冬だが、2週間前から寒さも厳しさを増し、本格的な雪の季節が到来していた。帝都の中心、宮城北面に位置する近衛連隊本部では、サクサクと新雪を踏み締め、少女ばかりの可憐な近衛兵達が行軍訓練を行っていた。寒さをものともせず、極端に短いスカートを北風になびかせて、整然と行進が繰り返される。

赤煉瓦造りの本部ビルの窓越しに、薫は少女達の列を見守っていた。やがて、唇を引き締め振り返る。ほどよく暖房の効いた室内には、近衛連隊の幹部将校達が集っていた。

「いいか、これだけは言っておく。我々が起つのは、あくまで帝様をご解放さし上げるためだ。政争の道具になるためではない。従って、もし帝様が宮城に幽閉されているという事実がなければ、ただちに兵達を帰順させ、幹部将校全員で憲兵隊司令部に出頭する」

薫は一気に言い切った。連隊の少女達は誰もが帝を敬愛し近衛を愛している。その純粋な精神を、帝派と太后派との醜い権力闘争にまみれさせてはならない。薫の固い決意に、クーデター計画の発案者で薫の親友の玲が慌てて席を立つ。

「そんなことはないさ！　帝様は、必ず苦境にお立ちのはずだ。我々は正義軍なんだ！」

薫はまっすぐに親友の顔を見据えた。

「絶対の確証はない。それから、憲兵隊に出頭したあとは、わたしが全責任を負う」

玲が狼狽する。すべては薫のため、近衛のために仕組んだことだった。薫ひとりに責任を取らせるわけにはいかない。

「しかし連隊長代理、それではクーデターにならないのでは？　我々は帝様をお救いするのと同時に、この腐り切った国体を救済しようと大義を掲げたんだ」

技術将校の小島沙織大尉が口を挟んだ。

「うぬぼれるなっ！」薫の一喝が飛ぶ。「我々近衛は帝様をお護《まも》りするための軍隊だ。我が連隊が蹶起する理由は、それ以上でもないし、それ以下でもない！」

室内は水を打ったようにしんと静まり返った。薫はあらためて一同を見渡す。

「2月14日には、恒例の近衛連隊観閲式がある。実質的に、その日が蹶起決意宣言日だ。以降、蹶起当日まで各自怠りなきように努力してくれ」

ついに蹶起を決意した薫は、あたかも神話に出てくる戦女神の如く、凛々しく毅然《きぜん》としていた。会議に列席した少女将校達は、一様に息を呑んで美しい指揮官を見つめている。

そう、薫は以前にも増して美しくなっていた。与えられた立場やそれをこなしていく責任が、18歳の少女の顔を大人のものへと変化させ、連日の百合との行為が、はつらつとした肉体を見事に成熟させていった。

「立花大尉、作戦部は極秘で蹶起計画を早急にまとめてくれ。蹶起の成否は情報と作戦にかかっている。頼む」

最後に薫は、作戦将校・立花多香魅大尉に声をかけた。多香魅がビクリとして薫を見つめる。薫が信頼の眼差しを送ると、玲の心に嫉妬《しっと》の炎が燃え上がった。鋭い視線で作戦将校を見据える。多香魅は、ふたりの異なる思惑の視線に耐え切れず、すぐうつむいてしまう。薫はそれを頷きと勘違いした。

「よし。今回の会議は以上だ。解散！」

初めて薫が主導権を握った蹶起会議は終わった。少女達は次々に敬礼をして部屋を去る。玲や沙織の配下の少女は意気揚々と。薫の配下の少女は表情を引き締めて。

沙織の策謀にハマった補給将校の花見秋穂中尉は、同じ立場の多香魅に安堵《あんど》の表情を見せた。総意が決したことは、強行派達の仕打ちから解放されることを意味するからだ。だが、多香魅の瞳は曇ったままだった。作戦将校として、未だに蹶起には納得できない。それが、19歳の少女の偽らざる気持ちだった。

また、薫に決意はさせたものの、玲と沙織も諸手を挙げて喜べはしなかった。

幹部全員が退出した会議室にひとり残った薫は、再び窓の外に目を向ける。

強い北風に払われ、雲間にのぞいた青空には、冬の陽が暖かく輝いていた。

明り採りの窓ひとつない薄暗い広間に、荒い息がこだましていた。

床に敷き詰められた厚く豪華な絨毯《じゅうたん》の上で、1組の男女が絡み合っている。

男は小柄で、顔には深い皺《しわ》が刻まれていた。わずかばかりが残った白髪もあいまって、老齢であることをうかがわせる。もっとも、体のほうは年齢を感じさせぬほどに鍛えられているらしく、激しい腰の動きが雄弁にそれを物語っていた。アンバランスな容姿を持つ男に対して、組み伏されている女性のほうは芸術的に美しい容姿をしていた。背丈と同じ長さの艶やかな黒髪を妖《あや》しく振り乱し、透けるような白い肌に淡い赤みを浮かばせている。均整の取れた肢体はどんな男をも夢中にさせずにはおかない。

そのふたり、宮内大臣の本間進之助と太后・御西の方は、すでに3時間近くも絡み合ったままでいた。その間、本間は肉洞の中に5回も濃厚な牡《おす》のエキスを放っていた。

乱暴で激しい躍動に合わせて、結合部の隙間から互いの汁が混ざり合った粘液が溢れている。糸引く卑猥《ひわい》な音が男の欲望を際限知らずに掻《か》き立てた。

「あぁ……、もう……時間じゃ……。こ、これまでにしてたもれ……」

「今少し！　今少しのご猶予を！　さすれば、早々に退散致しますっ」

豊満な乳房を鷲掴《わしづか》み、張り詰めた乳首に歯を立てながら、ラストスパートに入る。

老いを知らぬ灼熱の剛直が、ざわめく肉襞を掻き分ける。しなやかにくねる女体をきつく押さえつけ、恥毛の翳《かげ》りのない下腹部の溝から、鮮やかに色づく肉芽を掘り起こして摘まみ捻《ひね》る。本間は官能の悲鳴があがるのを期待したが、それは徒労に終わった。

濃厚な性の饗宴《きょうえん》が行われる玉座から少々離れたところに、志朗は立っていた。

欲望渦巻く密室の隣にある小部屋で、チラリと時計に目をやってから、どのくらい経ったろう。約束の時間を15分ほど過ぎ、珍しいこともあるものだ程度にしか思っていなかったのだが、女官に案内されて部屋に入れば、このあり様である。

目の前で繰り広げられる光景を、志朗は呆然《ぼうぜん》と眺めていた。心の奥底で何かが蠢《うごめ》き、童顔の顔からは表情が失せている。

やがて彼は、目に映るものを無視するが如く、瞳の焦点を遥か彼方へと合わせた。

しだいに目の前の光景がぼんやりと霞《かす》み、まったく別の風景へと入れ替わっていく。

不意に自分の名を呼ぶ声がした。それは酷く懐かしい響きだ。甘美で切ない感情が、志朗の胸に込みあげる。声の主が誰か志朗は初めからわかっていた。公爵家令嬢、そして近衛連隊大尉でもあった高村香織《かおり》。現在の太后・御西の方である。

「志朗ちゃん、どうしたの？　そんなにお顔をグシャグシャにして。何か悲しいことでもあったの？　明日からは、もう慰めてあげられないんだから、もっと強くならなくちゃ。男の子でしょ？　ねっ。ほらほら、どうしたの？　もっと胸を張って、元気に笑って」

脳裏に浮かぶ香織が言う。近衛尉官服を身に着けた彼女は、10代の頃の姿である。

「しようがない甘えん坊くんだねぇ。じゃあさ、一緒にお風呂に入ろうか？　今日で最後

だから、ゆっくり入ろ。ねっ」

香織の言葉に合わせ、再び風景が湯気に煙る高村家の浴室へと入れ替わった。

「こらこら、そんなに下向いてたら頭洗えないぞ。ほ〜らっ」

美しい裸身を晒《さら》して香織が笑う。辺りには、シャボンがフワフワと漂っていた。

「こうして、ふたりでお風呂に入るのも今日が最後なんて、なんか嘘《うそ》みたいだね」

嘘であって欲しかった。志朗はそう思っていた。

「頭を洗ってあげられなくなるのは淋しいけど、もうひとりでできるんでしょ？」

それは事実である。香織が近衛の宿舎にいる時は、ちゃんと自分でしているのだ。

「わたしがいなくても大丈夫だよね？」

それは、違う。志朗は、そう言いたかった。

「だから笑って。ねっ。志朗ちゃんが泣いてたら、わたしお嫁に行けなくなっちゃうよ」

嫁いで欲しくはなかった。

「志朗ちゃんが大きくなるまで待ってたかったけど、お父様達が決めたことだから」

本当は、どんなことをしても香織を引き留めたかった。けれど、公爵家の令嬢と、そこに雇われた刀鍛冶《かたなかじ》の倅《せがれ》では、所詮《しょせん》住む世界が違うのだ。

「だから、元気でね。わたしは、志朗ちゃんを忘れないわ。ずっと忘れない」

それは、18年も前の約束。

「大好きよ」

そして、志朗にとっての初恋だった……。

「待たせたな。報告を申してみい」

抑揚のない声に、ふと我に返る。煌《きら》びやかな宮廷衣装を身に着け、いつもと変わらぬ神秘的な美しさをまとった太后・御西の方が、玉座の前にすっくと立っていた。先ほどまで淫《みだ》らに絡み合っていた本間の姿は、すでにない。

「雲行きは怪しくございます。政界はもとより、軍内部にも不穏な動きがあります」

とはいえ、未だ近衛については一切伏せたままだった。志朗が報告書を読み上げる間、太后は無表情を保った。

「わらわとしても策を講じておる。動乱だけはなんとしても避けねばならぬからの。そちも努力しておくれ」

青年は「御意」と恭しく頭を垂れた。

「のう志朗……」

言いかけた太后の声が途切れる。一瞬の表情の変化を志朗は見逃さなかった。

「いや、下がってよい」

重い扉の向こうに青年の姿が消えると、無表情の太后の頬をひと雫の水滴が伝った。

年末年始の喧騒も明けて、帝都官庁街は普段の日常を取り戻していた。定時を過ぎた時刻、ほとんどの庁舎には人影もなかった。帝国軍の中枢・国防総省も例外ではない。無機質なインテリジェンスビルは閑散としている。

国防総省本庁舎ビル14階、近衛連隊司令部のオフィス。連隊長・有馬五月大佐は薫の顔を見つめていた。

「大須大尉、本当に決意したのね？」

「はい。我々は〝おもちゃの兵隊〟ではありません。まして〝ハーレム〟などでも」

薫はまっすぐに五月の瞳を見据えた。

「帝様をお護りする、その使命を全うするのです」

「よろしい。それで、いつやるのか？」

「まだはっきりとは。早い時期が望ましいのでしょうが、万全の準備が必要ですから」

「そうだな。ことが起きれば、連隊司令部と近衛学校も連動させなければならないしね」

「その時はお願いします」

五月は大きく頷いた。失いかけていた存在意義を取り戻せたような気がする。彼女は、ふと表情を和らげる。

「貴官は富士志朗少佐を知っているわよね？　彼はわたし達の味方になってくれそうよ」

まさか！　唐突な言葉に薫は困惑した。志朗はテロを取り締まる公安の中枢人物なのだ。

それだけに味方になってくれれば心強いのは確かだが。そういえば、以前多香魅も志朗を信用できると言っていた。考えた末に薫は言う。

「富士少佐は信用に値する人物だとは思いますが、味方になってくれるかどうかは……」

志朗と五月の繋がりを薫は知らない。参謀本部長室での一件以来、ふたりは何度も密会を重ねていた。そのたびに帝国軍の腐敗を論じ、打開策として外科手術的な粛正が必要だと確かめ合った。むろん、ふたりの話はベッドの上で行われるのがほとんどだった。

28歳にして初めて体験した性経験がレイプだった五月は、志朗の優しさに溺れていた。アブノーマルに弄《もてあそ》ばれる身体と精神を癒《いや》してくれる優しさに。そして薫は、連隊長だけでなく作戦将校の多香魅さえも、志朗と接触していることを知らなかった。

「ともかく、彼のことはわたしに任せて」

五月はまるで夢でも見るように小声で呟いた。


週末の夕暮れ時、帝都最大の繁華街を有するシンジューク地区は大賑わいだった。

「そうですか。薫さんが……」

その雑踏の中、私服姿の富士志朗少佐が言う。彼の横には、同じく私服をまとった立花多香魅近衛大尉がうつむき加減に歩いていた。去年の暮れから、多香魅は蹶起回避のための密会を何度か重ねている。この日も、大須薫大尉の決意を打ち明けたところだった。

「それで、あなたはどうしたいんです？」

「わかりません。どうしていいかわからないんです」

少女の苦しそうな言葉に、志朗は鼻を鳴らした。

「じゃあ、とりあえずつき合ってくださいませんか？」

ニコニコ笑いながら、多香魅の肩を抱いて雑踏を抜ける。人通りの少ない裏道を足早に歩き、寂れたビルの中に少女を引き入れた。外観と対照的なケバケバしい内装に、多香魅が身を竦ませる。青年は構わず少女の手を引き、『空室』の札のかかったドアの中に強引に連れ込む。足をもつれさせた多香魅がつんのめった先は、みすぼらしいベッドの上だった。慌てて体勢を保持しようとすると、背後からコートが投げつけられる。

青年は無言でカーテンを閉め、ようやく多香魅のほうへ振り返った。

「どういうつもりですかっ!?」

没落しているといっても子爵家の令嬢である。多香魅は毅然として志朗を睨《にら》んだ。

「ここで問題です。若い男女がこんないかがわしい場所ですることはなんでしょう？」

「ふざけないで下さいっ！」

「真面目《まじめ》に言ってるんですよ」

そう言ってベッドの上の多香魅に近づく。少女は身を硬くした。不意に青年が両手で肩を押さえつけた。多香魅は金縛りにあったようにあっさり押し倒されてしまう。声を出したくとも、喉からは荒い息しか出なかった。身体の中をゾクゾクとした悪寒が駆け巡る。

やがて、志朗の右手がスラックスの生地越しに処女の叢を撫で降ろす。途端に、多香魅の背筋に電流が流れ、スレンダーな肢体がブルッと震えた。

熱を帯びた秘裂の先端に灼熱の先駆けを感じる。

「いっ、いやあああぁぁぁぁぁぁっっっ！」

羞恥、恐怖、怒り。様々な感情が錯綜して絶叫をあげる。渾身《こんしん》の力で志朗を押し除けた多香魅は、入り口とは別のドアに突進した。果たしてそこは、予想どおりの場所だった。

内側からカギをかけ、震える指でスラックスを脱ぎ降ろす。細く白い腿と小さなリボンをワンポイントにした純白のショーツが露になる。ショーツのマチ部分には色のついた染みが浮き出ていた。もどかしげに木綿の生地をずり降ろし、陶器の台座にへたり込む。

間髪を入れず、乙女のクレヴァスの端から金色の激流がほとばしった。少女は勢いの衰えぬ放水を続けながら両手で顔を覆って泣き出した。

窓の傍で威勢のいい水音を聴いていた志朗は、カーテンを小さく捲《まく》る。窓は裏通りに面しており、暮れなずむ小路にはふたりほどの怪しい人影が見て取れた。

志朗はメガネの奥の瞳を輝かせ、ジャケットの左胸をポンと叩く。硬い感触に満足の笑みが浮かぶ。彼の愛銃、シュペルナンブ14年式だ。

20分後。なんとか立ち直った多香魅がドアを開けると、志朗の姿はすでになかった。

第5章　罪と罰

帝都に夜の帷《とばり》が降りる。暦はすでに2月になり、近衛《このえ》観閲式まで1週間ほどである。

任務を済ませた玲と沙織は、夕食もそこそこにひとつのベッドに潜り込んだ。

「そういえば、多香魅姉様のこと……、聞いた？」

玲は張り詰めた胸の突起にむしゃぶりつきながら、首を横に振った。それを受けて、沙織は牧村真理奈中尉から聞いた話を披露する。

「なんでも休暇中に男と逢《あ》ってるらしいの。噂《うわさ》好きな連中が言うには、デートだってさ。笑っちゃうわ！　男なんてどこがいいのかしらね」

言いながら、無心に愛撫《あいぶ》を続ける玲の茂みを太腿《ふともも》で刺激し、膝頭《ひざがしら》で秘裂の先端をこねる。

ふと顔を上げる玲に、沙織は窮屈な姿勢で肩を竦《すく》めた。

「男……？　男がいるのか？」

「いや、あり得んな。恋人がいるとは思えない」

「じゃあ、何だと思う？」

沙織がおどけて言う。

「恋人じゃない男……か……」

突然、玲が飛び上がった。「まさかっ!?」玲の考えが瞬時に沙織に伝わる。

「暁の狩人《かりゅうど》っ！」

「富士志朗っ！」

しばらくふたりは、身動きひとつせず見つめ合った。

昭成11年2月14日午後1時30分。帝都トキオ・北ノマール地区。近衛連隊駐屯地の練兵場で行われている観閲式典は、最大のクライマックスを迎えていた。晴れ渡る青空の下、第2大隊を基幹とした近衛の精鋭達が一糸乱れぬ隊列を組んで整列している。

やがて、正面の壇上に指揮官である大須薫大尉が昇った。整列するに少女達に向かい、凛《りん》とした声で訓辞する。時折練兵場を駆け抜ける北風に、長い後ろ髪や身にまとう尉官服の極端に短いプリーツスカートをなびかせ、薫は直立不動の姿勢で朗々と声を響かせる。その凛々《りり》しい姿は、賓客席に列する各界の要人達に感銘を与えるに充分だった。

「見事なものですなぁ。近衛も伯爵のご令嬢も」

目尻を垂らして卑猥《ひわい》な笑みを浮かべた侯爵が、隣に座る初老の紳士に声をかけた。紳士は大須功一郎伯爵中将。薫の父親であり、帝都警備司令官でもある。大須伯爵は口もとをほんのわずかに緩め、軽く会釈をした。もっとも目はまったく笑っていない。眼光鋭い武闘派伯爵中将は、侯爵の下卑た心を見透かしていた。

貴族達から少し離れた軍高官席では、参謀本部長の田貫完爾少将がふん反り返っていた。

「ふん！　派手なデモンストレーションなど見せおって。だが、所詮《しょせん》は子供の遊戯だ」

「ごもっともですな」

太鼓持ちの浜井大佐が頷《うなず》く。田貫は周囲を一瞥《いちべつ》すると、浜井に小声で言う。

「まあ、じきに近衛は解散だ。今日だけは連中に華を持たせてやるさ。議会工作はぬかりないだろうな？」

「もちろんです。例の〝ハーレム〟説は確実に議会に浸透していますから、あとは貴族院しだいでしょう」

そもそも、帝に関するあらぬ噂を広めたのは、参謀本部である。それは、議会の紛糾と近衛の糾弾を目的とした情報戦略であった。しかし、事態は彼らの予想とは別の方角に進みつつあるのだが、田貫も浜井もまだ気づいてはいなかった。参謀本部長は満足気に頷くと、主賓席の傍らに立つ美貌《びぼう》の近衛連隊長を欲望の眼差しで見つめた。

「諸君！　我ら近衛は、いついかなる時も帝皇陛下をお護《まも》りするためにある。この崇高な使命を全うするため、諸君の努力奮闘を期待するっ」

薫は、そう締め括って主賓席の玉座に顔を向けた。そこには、若き帝皇・昭成と太后・御西の方が並んでいる。

「各隊、帝皇陛下並びに太后陛下に対し、捧《ささ》げぇ〜銃っ！」

第2大隊長・安藤玲大尉の号令で、近衛少女達は一斉に玉座を振り仰いだ。

近衛連隊観閲式典は滞りなく終わり、賓客達は武道館での晩餐会《ばんさんかい》に招待された。近衛連隊からは連隊長以下ほとんどの将校と先任下士官が出席する。本来の功労者である兵達には、温かく豪華なおこぼれの食事が振る舞われ、宿舎内での休息が与えられた。とはいえ寒風吹きすさぶ冬空の下、長時間に渡って行軍や展示を行った将兵は、皆一様に生理現象に見舞われた。本部内のトイレの前にはどこも長蛇の列ができるあり様だ。

作戦将校の立花多香魅大尉も、込み上げる尿意に顔面蒼白《そうはく》になっていた。式典の前日から水分の摂取は控えることになっているが、ストレスのはけ口を暴飲に求める多香魅は、必要以上の水分の補給を行ってしまっていた。

混雑する本部棟を避け、多香魅は一目散に宿舎を目指した。将校には個人部屋が与えられ、そこにはユニット式のバス・トイレが設置されているからだ。下腹部をかばい、なんとも情けない様子で宿舎に向かう多香魅の前に、数人の将校が立ち塞《ふさ》がった。

「おやおや、立花大尉。そんなに急いでどちらへ？」

声をかけたのは玲である。ほかに、沙織と軍医の牧村真理奈中尉、そして第2大隊の板倉恵美中尉がいた。多香魅は無表情を装い、一同の脇をすり抜けようとする。途端に玲の腕が華奢《きゃしゃ》な肩をガッチリと押さえる。

「実は大尉にお尋ねしたいことがありましてね」

うすら笑いを浮かべた少女達は、哀れな表情を見せる獲物を宿舎脇の茂みへと連れ込んだ。沙織と恵美が桜の巨木に多香魅を押しつける。

「さて、お答え願えるのは上の口ですか、それとも下の口かな？」

悪鬼の如《ごと》き形相で淫靡《いんび》に口もとを歪《ゆが》めた玲が、恐怖に身を竦ませる多香魅のスカートを捲《まく》り上げた。冷気の中に厚手の丈長ショーツが披露される。

「まぁ！　何てものをお召しになってるの⁉　若さのかけらもあったものじゃあない」

沙織が呆《あき》れ顔で言う。近衛将兵は、そのほとんどが年頃の少女である。制服という画一化されたファッションをまとう彼女達は、せめてもの自己主張にと下着でおしゃれを競い合った。将兵の主流は、ビキニやハイレグタイプのショーツだ。

玲のように機能性からスポーツタイプを愛用している者もいるが、多香魅が今身に着けているような丈長タイプを好む者はいない。むろん多香魅とて、セミビキニのショーツを愛用しているのだが、このところの体調を鑑みて、観閲式には丈長で臨んだのだ。

「フッ、こちらはどっちの口でも結構なんですがね」

玲は色気のかけらもない丈長ショーツを鼻で笑い、おもむろに下腹部に手を伸ばした。

「ひっ！」悪寒に全身が震える。「やっ、やめてぇ……！」

すでに生理的欲求は限界である。苦悶《くもん》の表情で許しを乞うた瞬間、温かな湿りがかすかに生地を濡《ぬ》らした。指先に感じる湿りを愛液と勘違いした玲は、ショーツ越しに秘裂をなぞり、微妙な振動を加える。

「どうやら下の口のほうが協力的なようですな」

「いやぁあああぁぁぁぁぁぁ……!!」

悪魔的諸行に腰を捻《ひね》った多香魅の体内で、膨張した内圧が破裂の危機を回避すべく、下へ下へと移動する。少女は声を失った。唇を噛み締めて堪《こら》えるが、ムダなあがきだった。添えられた手を挟み込んで両腿をきつく閉じると、それに呼応して玲がむんずと秘所を鷲《わし》掴《づか》みにする。精神が弾《はじ》け、意識が奈落の底に突き落とされる。力の抜けた下腹部の先端から湯だる液が大量に垂れ流された。たちまち、ショーツも玲の手もビショビショに濡れていく。激しい滴りは、多香魅の下腹部より下のありとあらゆるものに染み込んでいった。

「あはは！　これでは晩餐会には出席できませんね」

玲が声高に笑う。掌《てのひら》で湯気を立てる金色の液体を受け止め、失神してしまった多香魅の頬《ほお》に擦《こす》りつけた。

「軍医、立花大尉はご気分が優れないそうだ。医務室で介抱してさしあげよう」

ふたりは気を失った少女の身体を両脇から支える。

「沙織達は晩餐会のほうをよろしく頼む」

玲は社交の席というのが苦手だった。〝近衛連隊に安藤あり〟と謳《うた》われる猛者には、場違いな気がしてならないのだ。成り上がりの新興貴族である安藤家が、社交界の場に招かれる機会が少なかったせいもある。いずれにしろ、財閥の令嬢として数々の社交界を席巻して来た沙織がいれば、自分が出なくとも問題はないだろう。

任せてと言ったものの、沙織の気は重かった。何度も社交の席を経験しているが、今回のようにほとんどの賓客が男性というのは初めてだった。男嫌いの沙織にとって社交界はレズの相手を見つける場でしかなく、男どもの相手をするなど考えるのもおぞましかった。

沙織と恵美は、嬉々として生贄《いけにえ》を運ぶふたりを、羨ましそうに見送った。


「連隊長代理もだいぶ板について来たな」

シャンパングラスを手にした大須功一郎伯爵は、およそ3カ月ぶりに間近で見る娘を誇らしげに眺めた。薫も父の顔をまっすぐに見つめる。娘が蹶起《けっき》を企てていると知ったら、この厳格な父はどうするだろう？　名家の誉れ高い大須の名を汚したと嘆くだろうか？　あるいは、帝国に仇《あだ》なす逆賊ぞと刃を向けるだろうか？　新年の公式行事を指揮した薫は、若き帝皇・昭成の人形のような無表情さに、蹶起の意志を新たにしていた。17歳の少年の虚ろな瞳に、10年前の輝きを甦《よみがえ》らせると胸に誓った。そして、思い詰めれば詰めるほど、薫の表情には悲壮感が漂い、それ故に美しさに磨きがかかる。

薫の想いなど知るはずもない伯爵は、滅多に見せぬ父親の顔で優しい眼差しを向けた。

「我が娘ながら、よくぞここまで育ってくれた。どうだろう、そろそろ結婚を考えぬか」

父の言葉はあまりにも唐突だった。貴族の娘の婚期は16歳からだ。18歳の薫は適齢期とも言える。伯爵家の血を絶やさぬためにも、薫には婿が必要だった。が、しかし、結婚するということは近衛を辞めるということだ。今の薫にできるわけがない。

「父上は、わたしに近衛を辞めろとおっしゃられるのですか？」

「陛下にお仕えするのは近衛だけではないぞ。お前が望めば、仕官の推薦をしてもいい」

男性社会の帝国にあって、国軍は女性の制式採用を行っていなかった。替わりに、スペシャリストとしての仕官制度がある。これは、事務や教育などに関し、特殊技能を有する者を広く一般から採用する制度である。幼い頃から大須家伝来の剣技を身に着けた薫なら剣術師範として仕官できるはずだ。

「父上……、わたしは……」

「どうした、すでに心に決めた男でもいるのか？」

そうだ。薫の心には昭成がいる。結ばれることは夢だとわかっていても断ち切れない、強く激しい想いだった。薫が返答に窮していると、沙織が傍《そば》にやって来た。

「ご無沙汰《ぶさた》しております伯爵様」

スカートの両裾《りょうすそ》を軽く摘まんで会釈をする。男嫌いと言ってもすべての男性を否定しているわけではない。沙織にとって、薫の父は尊敬に値する人物のひとりだ。

「連隊長代理、立花大尉の気分が優れず、牧村軍医と安藤大尉が医務室へ運びました」

「立花大尉が？」薫の表情が曇る。「そうか……」

突然、和やかな晩餐会場に下品な声が飛んだ。田貫参謀本部長である。かなり酒に酔っていた。人々の視線が田貫に注がれる。近衛連隊長の五月が必死でなだめていた。五月は田貫の耳もとで何事か囁《ささや》くと、下卑た笑いを浮かべる少将を会場の外に連れ出した。

ふたりの姿が外に消える時、本部長の手が五月のスカートの中に挿し込まれるのを薫は見逃さなかった。


身体の軋《きし》みとむせるような息苦しさの中、多香魅は意識を取り戻した。そこは連隊本部別館医務フロアにある特別治療室。近衛在籍6年になる多香魅とて、一度も足を踏み入れたことのない施設である。そもそも重度の病傷者のための治療施設で、実戦経験皆無の近衛には重大事故でも発生しない限り無用の場所であった。

煌々《こうこう》と明かりに照らされた室内の中央にある治療台の上で、多香魅は一糸まとわぬあられもない姿に荒縄を喰い込ませてもがいていた。口の中には自分のショーツが押し込まれている。たっぷりと黄金水を含んだ生地が、アンモニアの味と匂《にお》いを口中に蔓延《まんえん》させる。

スレンダーな上半身に縦横無尽に打たれた荒縄は、両腕を背中で固定し、さほど大きくない双丘をくびり出していた。

部屋の隅にある小さなドアから、ふたりの全裸の少女が現れた。玲と真理奈である。

「まったく、貴公の根城はビックリ箱だな」

玲が同期入隊の軍医に言った。真理奈は隊内で沙織と双璧をなすレズビアンで、しかも

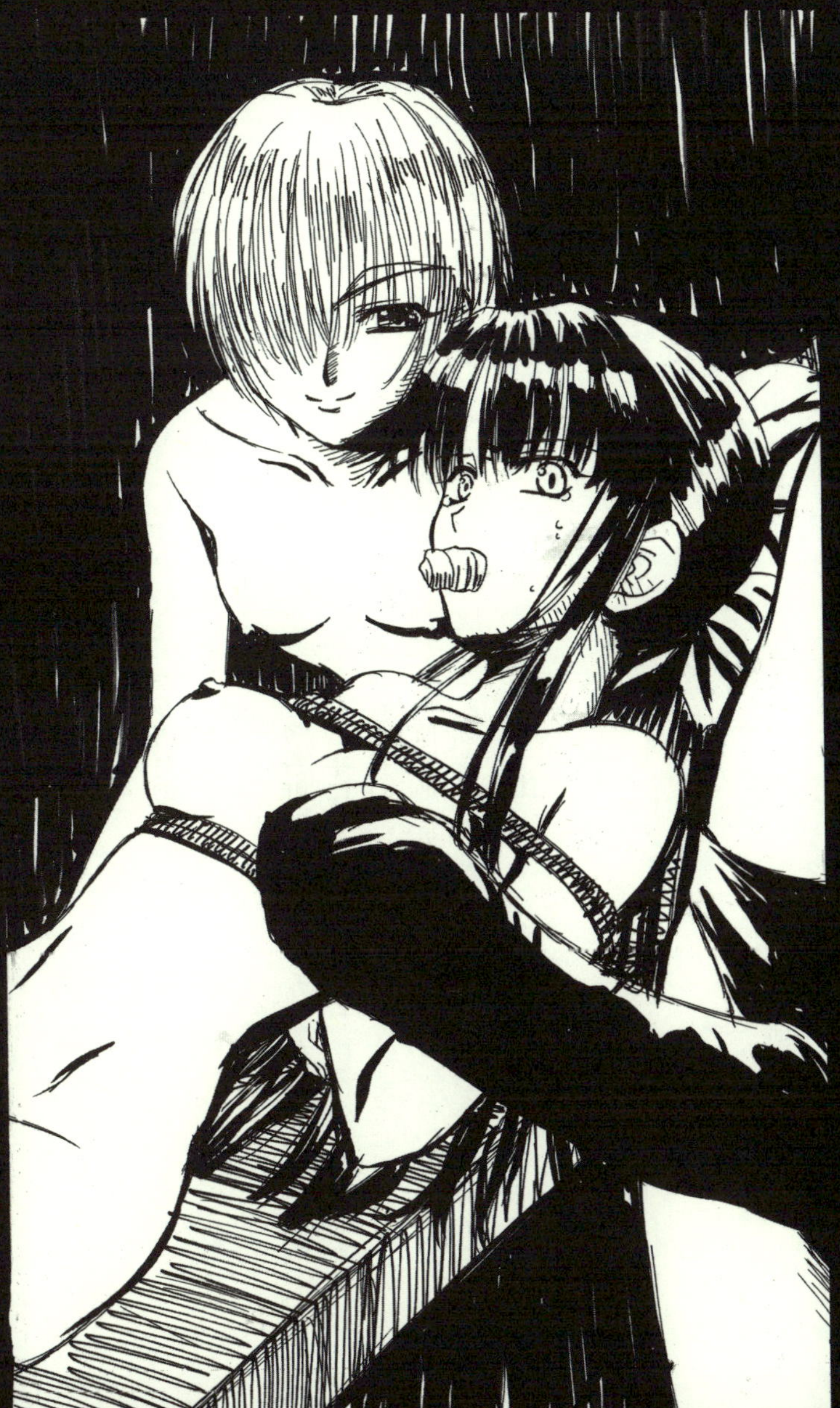

アイテム指向に傾倒していた。多香魅の柔肌を縛り上げている荒縄も少女の私物である。

「でも、ちゃんと役に立ってるでしょ」

真理奈が笑い、下腹部から突き出している凶々しいディルドーを爪弾《つまはじ》いた。

苦笑して肩を竦めた玲は、治療台に昇り、身動きの取れない生贄を跨《また》ぐ。荒縄にくびり出された双丘の上へどっかと腰を降ろすと筋肉質のヒップの下で、膨らみがたわんだ。

スラリと伸びた脚を両脇に抱え込まれ、絶望感と敗北感に打ちひしがれた哀れな生贄は抵抗する気力を失っていた。台に這《は》い上がった真理奈が、開かされた秘裂の中心でわななく花弁に、黒々とした張り形を無造作に押し当てた。灼熱《しゃくねつ》の奔流が多香魅の身体を貫き、ショーツを押し込まれた口からくぐもった叫びが飛び出る。玲の指示に合わせ、真理奈が慎重に張り形を前進させた。綺麗《きれい》な淡いピンクの花弁が徐々に押し広げられ、凶器の先端が秘洞の中にわずかに侵入する。鋭い痛みに多香魅は激しく身をよじり、絶叫をあげた。

「ストップ！　そこまでだっ」

「えぇ～？　もう終わりなの？」

突然の制止に真理奈が不満を洩《も》らす。玲はすすり泣く多香魅に顔を向けた。

「ほぉう。どうやらまだ処女のようだな」

「なぁに？　どういうこと？」

「立花大尉殿は富士志朗と密会しているらしいんだ」

確信があるわけではなかった。ただの推論である。志朗は〝暁の狩人〟の異名を持つ。それはベッドで情報を収集することからのいわれだ。多香魅が志朗と密会を繰り返しているのなら、とうに処女は奪われているだろうと玲は考えていた。つまり、処女であるかどうかを調べるのが、玲なりの尋問だったのである。

「近衛を裏切ったのぉ!?」

志朗の名を聞いた真理奈が驚愕《きょうがく》の表情をする。処女であったことで崩れかけていた玲の確信は、〝裏切り〟という言葉に飛びついた。

「そう。裏切り者さ！」

きっぱりと言い切る玲。もはや事実関係などどうでもいい。愛する薫の信頼を一身に浴びる多香魅に、サディスティックな嫉妬《しっと》の炎が轟々《ごうごう》と燃えあがっていた。

「裏切り者には罰が必要だな」

涙で霞《かす》む多香魅の瞳に、狂気の笑みを浮かべた凌辱者《りょうじょくしゃ》の姿が映った。

近衛本部から北西に10数キロ、帝都を護る帝国軍第1師団第1連隊ネリマー駐屯地。内務省公安担当武官・富士志朗少佐は連隊長の阿隅《あすみ》大佐と会っていた。

「どうです、阿隅さん。手を貸してもらえますか？」

志朗の問いかけに、恰幅のよい中年大佐は口髭《くちひげ》を撫《な》でながらにこやかに応じた。

「もちろんだわな。ここんとこ、なぁんもおもしろいことがないんで、どうしてくれようかと思ってたんだ」

ちゃきちゃきの下町っ子である阿隅が、大柄な体を揺すって笑う。志朗とは憲兵隊時代からのつき合いで、互いに気心が知れている。その志朗が、帝都を舞台にした大イベントの話を持って来たのだ。詳細は聞かされていないものの、根っからの祭り好きの性格だけに断る理由はない。阿隅は細い目を輝かせ煙草《たばこ》に火をつけた。

「それで、誰にケンカを売ろうってゆうんだい？」

「参謀本部」

あまりにもあっさりと志朗は言った。

「うぉっ？」阿隅が一瞬目を丸くして煙を吐き出す。「お前さん、何考えてるだね？」

「それは阿隅さんにもまだ内緒です」

今度は志朗が悪戯《いたずら》っぽく笑った。

「ほう、そいつはいい。まあ俺も奴らには腹に据えかねるもんがある。よし、乗った！」

大佐はうまそうに煙草の煙を深々と吸い込むのだった。

玲が下した裏切り者への罰は、特別治療室の隅にある小さなドアの先で行われていた。タイル張りの室内には、給湯設備と浴槽がある。バスルームと言ってしまえばそれまでだが、遺体を洗い清めるための施設なのだ。もちろん、過去に使用されたことはない。後ろ手に縛られたままタイルの上に這わさせられ、多香魅は無防備な秘部を凌辱者、いや、刑罰執行者達の前にさらけ出すポーズを強要された。

逃げることは叶《かな》わない。こうも無残に、そして屈辱的に処女が奪われてしまうのか！19年間、恋も知らずに生きて来た。それでも、いつかは愛しい男性にと、おぼろげながら想い描いていた。しかしもはや夢と散ってしまう。黒々とした凶悪な張り形によって。

多香魅は涙の溢《あふ》れる目を閉じた。激しい痛みを予想して口の中のショーツをきつく噛み締める。小ぢんまりしたヒップが押さえつけられる。いよいよか。大きく息を吸い込む。と、出し抜けに身体を貫く挿入感。だが異物を受け止めたのは、もうひとつの処女地だった。双球の谷間に突き立てられたモノは、透明プラスチックに細かい目盛りが刻まれた極太の注入器。真理奈がピストン棒を徐々に押し込む。蕾《つぼみ》に挿入された筒先から、生温かい液体が直腸の奥へと注ぎ込まれる。器具の中の液体が減るごとに、贅肉の少ない多香魅の腹部が奇妙に膨らんでいく。作業を完了した真理奈が身を引き、玲の力強い腕が清楚《せいそ》な顔を苦悶にしかめた少女の身体を引き起こす。上半身を拘束されたまましゃがみ込まされ、腹部に鈍痛が疾《はし》った。喘《あえ》ぐ口からショーツが引き出された。

「うう っ……、こ、こんなことをして、いったいなんになるの！」

開口一番、多香魅の圧し殺した声が洩れる。奇妙に膨らんだ腹に圧力をかけるポーズを取らされているので、余計な力みはご法度だった。

「さあね。だが自業自得だよ。貴公は近衛を、薫を裏切ったんだからな」

多香魅の華奢な肩にかけられた手に力が籠《こ》もる。

「薫に仇なす者はこの安藤が許さない！　薫の信頼を裏切った貴公を許さないっ！」

多香魅にはまったく理不尽な、激しい嫉妬の言葉だ。

「くっ……、狂ってるわっ！」

「そうさ。狂ってるよ。今の世の中、狂ってない者なんかいない。政治も！　社会も！　軍も！　民衆も！　すべてが狂ってるっ！　だからこそ我々は起つんだっ」

薫に対する抑え切れない熱情と多香魅に対する激しい嫉妬が、玲を狂気の世界へと駆り立てていた。脂汗の浮かぶ多香魅の身体を後ろに押す。バランスを取ろうとして、しゃがみ込んだまま多香魅があとずさった。必死にすぼめた蕾から、少量の温かい液が滴る。多香魅の理性が悲鳴をあげた。玲はなおも生贄を押し歩く。そのたびに異臭を放つ液体がタイルに滴る。ついに多香魅は壁際まで追い込まれた。

ニヤリと笑う玲が、肩にかけた手を垂直方向に思い切り押し込む。多香魅の膝が極限まで折り畳まれ、ヒップの先端がタイルに届きそうなくらい腰が沈んだ。

全身がブルブルと震え、意識が弾けた。

「ひぃっ！　いやぁあああっ！　見ないでぇぇぇぇぇっ！」

壮絶な噴出音とともに、タイルの上に汚物の池が現出する。異臭が室内を満たす。

玲は表情ひとつ変えずに力を加え続けた。幾度もの痙攣《けいれん》が起こり、割り開かれた秘裂の先端からもチョロチョロと水流が滴った。ほどなく、前後の滴りは雫《しずく》に変わった。観客に徹していた軍医がホースを引っ張り出して汚物を洗い流す。部屋を満たした異臭も換気ダクトに吸い込まれた。低く笑った玲は、荒縄を掴み多香魅の身を真理奈の前に転がした。ほとばしる温水に洗われて、19歳の少女はびしょ濡れになる。そして、真理奈からホースを受け取り、ヒクつく蕾にホースの先端を押し込む。拘束された上半身をのけ反らせて多香魅が呻《うめ》いた。再び腹部が膨らんでいく。ホースを引き抜くと、腸内の温水が勢いよく噴出された。玲は同じことを3回繰り返した。ところどころに水溜りができたタイルの上に力なく伏す多香魅。濡れそぼる黒髪を顔や身体にまとわりつかせて、大きく肩で喘いでいる。脱力した下腹部は、時折思い出したように直腸に残る温水を垂らしていた。近衛将校としての誇りも、貴族としての誇りも、今は無意味なものだった。

「お……、お願い、もう堪忍してぇ……」

やっとの思いで言葉を口にすると、玲が膝を折って覗《のぞ》き込む。

「何を言ってるんだ。これからが本番さ！」

不意に多香魅の腰が持ち上げられた。診療室にいた時から張り形を装着していた真理奈が、待ちあぐねた甲斐《かい》があったと、嬉々としてむしゃぶりつく。

「くぅあんっ……！」

意志とは無関係に声が出た。いや、すでに明確な意志など存在しない。多香魅の身体は凌辱者の求めに従順に反応していた。秘唇は熱い泉となり、水滴と混ざり合った愛液が腿を伝う。くびられた双丘の突起やクレヴァスの先端の真珠が、極度に充血して硬く張り詰める。あたかも誘っているような反応に真理奈は高ぶった。突き出た張り形と同じモノを咥《くわ》え込んでいる下腹部が激しい刺激を欲していた。

「牧村、わかってるな？　武人の情けは忘れるなよ」

しかたないといった表情で頷いた真理奈は、溢れ出る粘液を張り形に絡みつけた。ヌラヌラと凶器が光る。生贄の細くくびれた腰を支え、造りものの剛直を慎重に前進させた。目的地は震える蕾である。注入と排出を繰り返したそこは抵抗なく侵入物を受け入れた。

「くあぁあぁあんんっ……！」

一瞬の違和感。だが、理性の麻痺《まひ》した多香魅には些細《ささい》なことだった。むしろ続け様に押し寄せる躍動に女芯《にょしん》が火照り出す。小さなヒップを精一杯揺すり、めくるめく快感に瞳は虚ろになる。荒い吐息を洩らす口の端から涎《よだれ》が流れている。動きを制約されたまま身をクネらす裸身を、玲はしばらく腕組みして眺めていた。そうこうするうち、おもむろに自分の花園を、悩ましげに喘ぐ朱唇に押しつけた。いつの間にか玲の秘裂もぬめっている。

「ふふっ、わたしのを舐《な》めるんだ」

命ぜられる通り、熱を帯びた舌が花弁をなぞり淫蜜《いんみつ》をすする。多香魅を征服した悦《よろこ》びが、玲の肉体を燃えさせていた。男勝りの少女は、自らも激しく快楽を求める。片手で多香魅の頭を抱え、もう一方の手で自分の胸を揉《も》みしだく。筋肉質のヒップが震える。

3人の少女は快楽に溺れ、複雑に絡み合った。不規則なよがり声。規則正しい、粘着質な水音と肌がぶつかる音。淫靡で卑猥《ひわい》な旋律が、タイル張りの密室に響く。

「はっ……はっ……、も、もぉダメェ～ッ!!」

切羽詰まった真理奈の叫びがあがる。革ベルトを巻きつけた腰をわななかせ、多香魅の背中にのしかかった。余波を受けた生贄も、全身を痙攣させて絶頂を迎える。どこに残っていたのか、愛液を滴らせる秘裂の先端から短い金色の水流が、二度、三度と垂れ流された。ひとり乗り遅れた玲が、新鮮な空気を求めて喘ぐ多香魅の口に淫裂を押しつけた。引き締まったヒップをブルッと震わせ、体内に溜まっていた灼熱の激流を流し込む。

「クックックッ……、あははははははっ!!」

玲の高笑いを浴び、性奴と化した生贄は、ためらうことなく、むせるような液体を喉《のど》を鳴らして飲み下した。

近衛連隊本部から最後の賓客が帰途についたのは午後8時をまわってからだった。最後の賓客、大須功一郎伯爵は、帰り際に娘の顔を覗き込んだ。

「薫、結婚のことは近いうちにまた話をしよう」

曖昧《あいまい》に頷いた薫は父を見送った。結婚だなんて……。新たに振りかかった難問に瞳が曇る。しかしそれ以上に、晩餐会を中座した連隊長と参謀本部長のこと、そして蹶起成功の一翼を担う作戦将校の多香魅のことが気がかりだった。美貌の連隊長が、参謀本部長に犯された事実は知らされていた。蹶起を支持する五月が、汚されてしまった身体を張って参謀本部を欺こうとする意志は痛いほどよくわかる。自分を犯した相手に愛想を振り撒き、何度身体を求められても抵抗しないのが、その証拠だ。すべては、愛する近衛を護るために。言葉もなかった。が、薫は知らない。快楽の味を刻み込まれた五月には、そもそも抵抗の意志がなかったことを。だからこそ志朗にさえ身を許し、あまつさえ彼のことは任せて欲しいと言ったのだ。むろん連隊長としての責務を果たそうとする決意や近衛を愛する気持ちに偽りはない。しかし今の五月にとって、それは大義名分。心と身体は別物なのだ。

父を乗せた車のテールランプが夜の街に紛れたあと、薫は営門から宿舎へ歩を進めた。

そこへ薫附下士官・野中百合曹長が小走りに駆け寄る。薫は表情を和らげた。

「立花大尉殿は自室でお休みのようです」

「そうか……。とりあえず顔を出してみよう」

15歳の少女は主のあとに従った。総員1500名の将兵が寝起きする連隊宿舎は、各中隊ごとの6棟の下士官兵宿舎と1棟の将校宿舎で構成されている。基本的に、兵卒は4人

第５章　罪と罰

部屋、下士官は2人部屋、将校のみが専用の個室を与えられる。多香魅の部屋は、将校宿舎のほぼ中央、連隊長代理として特別に佐官室をあてがわれている薫の部屋からも、玲や沙織達の部屋からも、いくつかの空室を挟んだ位置にある。

軽くドアをノックすると、か細い声が応じた。薫の名乗りに小さくドアが開く。パジャマの上にガウンを羽織った多香魅が姿を見せた。青白い顔が戸惑いの表情を浮かべている。

心配そうに見つめる薫と百合を、多香魅は無言で室内に招き入れた。ベッドの端にゆっくりと腰を降ろし、訪問者にイスを薦める。ふたりは促されるままに座った。

「酷《ひど》く疲れてるみたいだけど、身体は大丈夫なの？」

それは愚問だった。パジャマの下の柔肌には朱色の縄跡がくっきりと刻まれ、玲と真理奈に替わるがわる弄《もてあそ》ばれた肉体は、ヘトヘトに疲れ切っていた。もっとも、薫の知り得ないことではあるが。

「蹶起の成功には大尉の作戦が必要だわ。無理をしないでとは言えないのが辛《つら》いけれど、わたし達で力になれるのならいつでも相談に乗るわ」

「ありがとう……」多香魅がポツリと呟《つぶや》く。「あなたが羨ましい。どんなことでも乗り切れる強い意志を持ったあなたが……」

すかさず薫は反論した。

「それは違う！　わたしは少しも強くない。皆が勝手にそう思い込んでいるだけよっ！」

あまりの剣幕に多香魅がたじろぐ。薫は肩を落として声を潜めた。

「わたしだって……、わたしだってただの18歳の女の子なのよ……」

短い沈黙。大きくかぶりを振った薫が立ち上がる。

「野中曹長！」澄んだ声が部屋に響いた。「お前が毎晩わたしにしてくれていることを、ここで再現しろ！」

唖然《あぜん》とする百合。が、躊躇《ちゅうちょ》する暇は与えなかった。

「命令だ！　早くっ」

軍隊においては命令は絶対である。まして百合は、身も心も薫に捧げているのだ。従順な少女は主の前に跪《ひざまず》いた。薫が自分のスカートを大きくたくし上げる。百合の頭越しに、純白のセミビキニショーツが多香魅の瞳に映った。状況が理解できない多香魅は、ただただ見つめるばかりだ。背を向けて跪いた華奢な少女は、ショーツの上から熱心に奉仕を始めた。木綿の生地に覆われた柔らかそうな恥丘に指を這わし、クレヴァスをなぞる。薄布をまとう叢《くさむら》に、丘陵地帯に、愛しそうに頬を擦り寄せる。腿のつけ根のゴムに沿ってまわり込んだ細い指が、細かく震えるヒップをさする。

「んっく……！　立花大尉、見て……！」

言われなくとも多香魅の目はふたりの行為に釘づけとなっていた。玲達にされたことが脳裏を過るものの、顔を背けるのはおろか目を逸《そ》らすこともできない。

「わたしだって……、百合がこうして慰めてくれなければ、とてもまともじゃいっ、いられない……の……」

まともじゃいられない。玲の言葉が思い返される。今の世の中、狂ってない者なんかいない。いっそ自分も狂えたら。多香魅は心からそう思った。

奉仕を受けるショーツに染みが広がると、唇を噛み締める薫が甘い声を洩らす。

「ああ……、百合、ちょ……くせつ……、直接、シて……」

頷いた少女が木綿の生地をゆっくりとずり降ろした。艶《なま》めかしい叢が露《あらわ》になり、恥丘から離れる布地は幾筋もの銀の糸を引いている。

見てはならないものを見ている。多香魅にはそう思えた。しかし、目を覆おうとした両手は、辛うじて口に添えられただけだった。小さく顔を左右に振ってみても、瞳はひとつところに注がれている。可憐《かれん》な唇が、愛らしい舌先が、薫の秘唇を食み、小さな真珠を転がし、雫を垂らす泉に侵入した。

「わかったわ！　もういいから、やめてっ」

上擦った声を出してみたが、薫は拒絶する。

「ダメェ……、今さら、止まらないぃ……」

スカートの裾を握った拳《こぶし》をブルブルと震わせ、痴態を他人に見られる羞恥《しゅうち》に耐える表情は、恍惚《こうこつ》の悦びと混じり合って言葉にしがたい美しさを帯びていた。

ふたりの行為を茫然《ぼうぜん》と見つめながら、多香魅は下腹部に疼《うず》きを感じた。いや、下腹部だけではない。上半身に刻まれた縄目も火照り出していた。秘唇が淫《みだ》らな蜜を吐いてショーツを濡らすのが、手に取るようにわかる。真理奈のアイテムで散々にかきまわされた蕾が侵入物を待ち望んで激しく脈動する。

「んあっ……！　くぅんっ！　んぅんんんぅぅっ！」

淫靡なショウは、薫の抑えた絶頂で幕を閉じた。薫と百合は軍服の乱れを直し、深々と頭を下げて部屋を去った。ひとり残された多香魅は、ふたりの足音が聞こえなくなるのを待って、おもむろにパジャマのズボンに手を差し入れる。指先にねっとりとした液が絡んだ。堪らず、両手を使ってふたつの穴を責め立てる。

それは多香魅にとって初めての自慰だった。

一方、百合と連れだって自室に戻った薫は、少女の華奢な肩を優しく抱き締めていた。

「すまなかった。あんなことをさせてしまって」

「とんでもありません！　わたしは薫様のお役に立てるだけで嬉しいのです」

「いいや、それではわたしの気が済まない。今夜は、お前が望むことをしてやるよ」

「わたしの……、わたしの望みはひとつです。薫様に愛していただくこと」

見つめ合うふたりは熱い口づけを交わし、ベッドに身を投じる。軍服を乱して激しく絡み、互いを求め合う。何度目かの絶頂に喘ぐ声が低く響いた時、枕元《まくらもと》のデジタル時計が午前0時を告げた。少女達の長い1日がようやく終わったのだ。

だが、本当に長い1日が訪れるのは、もう少し先のことだった。

第5章　罪と罰

雪が降っていた。大都会を彩る人工の光に照らされた厚い雲から、綿花のような白い結晶が帝都の上に舞い降りていく。近衛連隊本部会議室では、夕食を兼ねての蹶起会議が行われていた。すでに1時間を経過していたが、ほとんどの料理は手つかずのままだった。

「各自資料に目をとおしたな。それが我々の蹶起行動計画だ。質問があれば聞こう」

薫の凛とした声が響く。室内を緊迫した沈黙が支配した。

「よし。では確認を兼ねてわたしの口から説明する」

多香魅から計画書を受け取ったのは4日前。以後、何度も読み返し、詳細に検討した。むろん多香魅との詰めも行った。そうしてできあがった計画は、完璧に記憶されている。

「蹶起は連隊を挙げて遂行する。総勢1500名。ほかに連隊司令部と近衛学校が呼応する。我々の目的は、帝様の本来あるべきお立場を確保して差しあげることだ。従って無用な戦闘は絶対に避ける。なお、政府、議会及び国民大衆へのアピールは、連隊長殿以下連隊司令部に一任。我々は要求が受け入れられるまで、宮城を背に籠城《ろうじょう》することになる」

近衛創設以来の快挙、あるいは愚挙か、ともかくそれを実行しようというのだ。身体が熱くたぎり喉が渇く。かすれそうな声を咳払《せきばら》いで落ち着け、乾燥した唇を舌先で湿らす。

「蹶起決行は、本年5月15日とする」

薫は最後に力強く宣言する。5月15日。当日までは90日以上もある。それは薫と多香魅が別々に達した結論だった。すでに蹶起の意志を明確に固めている薫には、連隊内の意志統一と司令部や近衛学校との連係に時間が必要だった。そして何よりも実戦経験皆無の部隊に充分な訓練をさせたかった。不測の事態が起きれば、近衛同様実戦経験はないとはいえ圧倒的な戦力を有する帝国軍と正面からぶつからなければならないのである。

一方、多香魅にしてみれば、安藤玲大尉ら蹶起主流派の暴走を抑えられるのは3カ月が限度と読んでいた。さらに、あわよくば蹶起回避の情勢になることを期待していた。

「各自、詳細を検討の上、不明点や改善点を洗い出しておくこと。以上！」

少女達は硬い表情で敬礼し、無口に去っていった。ひとり残った薫は、窓の外に目を向ける。水銀灯に浮かぶ白一色の練兵場は、温度差で曇ったガラス越しに幻想的な情景を醸し出していた。外の景色を眺めるうちに身体がブルッと震える。室内は空調によって24度に保たれている。寒いわけではない。会議の緊張のあと必ず訪れる身体の火照りと疼き。それに耐えかねた神経が、感覚を維持するために震えを呼び起こしたのだ。

高ぶりを鎮める儀式の時間だった。初めて会議室で自慰をしたのは、いつのことだったろう？　あの時意識の中にいた3人のうち、富士志朗少佐の影は今はない。薫の意識は、愛しの帝・昭成だけを求めていた。10年前と現在の……。

そして……。薫の後ろで静かにドアが開いた。おずおずと室内に入って来たのは、連隊長代理附下士官の野中百合曹長である。

薫がにっこり微笑《ほほえ》むと、従順な少女は主の胸に飛び込んでいった。


蹶起へ向けての胎動を始めた近衛とは対照的に、帝国は安定を取り戻しつつあった。帝派と太后派の政争は依然として続いていたが、民衆の混乱は終息しようとしていた。もっとも、あくまでも表面的にはだが。

帝都の中心街を横断する国道14号線。折りしも1台の大型軍用サイドカーが早朝の寒気を裂いて疾走していた。フロントノーズには部隊を示す小旗がはためいている。白ユリをモチーフにした近衛のエンブレムだ。ほどなくサイドカーは目的地のマンションに着く。

「ねえ玲、いくらなんでも早く着き過ぎじゃない？」

エントランスを歩きながら薫が言う。予告した時間まで30分近く余裕がある。ふたりは数日前に決定した蹶起計画の報告に、近衛連隊長・有馬五月大佐の自宅を訪ねるところだった。防諜《ぼうちょう》を考え、五月を国防総省に送るという口実で、道すがら説明するつもりなのだ。

「いいじゃないか。女の身だしなみは時間がかかるんだから。薫だってそうだろ？　ま、今日はわたしとお前で、お手伝いして差し上げられるけどね」

玲が軽くウインクする。１００パーセントではないにしろ、同じ目的に突き進むふたりの間には親友としての絆《きずな》が蘇っていた。以前連隊長室で味わったぎこちなさは払拭《ふっしょく》されている。ふたりきりでいれることが堪らなく嬉しい。まして今日は薫が誘ってくれたのだ。

「薫……。わたし達、親友なんだよね？」

14階へと昇るエレベーターの中で、玲は親友に声をかけた。

「何言ってるの。5年も前からずっとそうでしょ。わたしの一番の親友は、玲よ」

薫が笑顔で答える。玲の胸に痛いほど愛しさが込み上げた。狭い密室に愛しい少女とふたり切り。思わず薫に抱きつく。ああ、薫。このまま押し倒してしまえたら……！

「ち、ちょっと玲ったら！」

「薫……、大好き……」

近衛将校の安藤玲ではなく、ひとりの恋する少女となった玲が小さく囁いた。

「もう、どうしたっていうの？　わたしも玲が好きよ」

薫は友としての感情を口にした。玲にもわかっていたが、それだけで充分だった。喩《たと》え実らぬ想いでも、心は通じているのだ。温かく幸せな気分になった。エレベーターを降りた正面が、五月の部屋である。玲は幾分有頂天になり、ノックもせずにドアを開けた。

「おはようございます、連隊長殿！」

途端に息を呑《の》む。目の前に予想外の人物がいたからだ。ドアの先に立っていたのは、富士志朗だった。しかも彼の背後には、バスタオルをまとっただけの美貌の連隊長が、乱れた髪を裸身にまとわりつけて立っていた。それは愛を交わしたあとのオンナの姿だ。

「あれ？　安藤大尉？」

「え……？　安藤……？」

玲以上に状況を理解しかねる五月は、ポカンと口を開ける。次の瞬間、玲は脱兎の如く駆け出す。玲は室内に躍り込み、志朗の顔面に猛然と蹴りを浴びせた。

「どういうことなんだ!?　おい！　なんとか言えっ」

玄関に倒れ込んだ私服姿の志朗の上に馬乗った玲が、襟首を鷲掴んで怒声をあげる。

「いやあ、なかなか熱烈な愛情表現ですね」

言い終わるか終わらないかのうちに、玲の軍靴の底が再び青年の顔面に炸裂《さくれつ》する。

「ふざけるのもいい加減にしろっ！」

「やめなさいっ！　志朗さんは上位階級者ですよっ」

Ｅカップのバストを揺らし、五月が割って入った。

「志朗……さんって……」玲は呆気《あっけ》に取られる。「ど、どういうことなんですかっ!?」

「大須大尉から聞いていないの？」

「薫から……？」

おもむろにうしろを振り返ると、いつの間にか茫然とした様了の薫が立っていた。

「どぉも、お久しぶりです。薫さん」

押し倒されたままの志朗が笑顔を送る。薫には微笑み返すだけの余裕がなかった。

「ま……、任せて……とは、こういうことだったんですか……」

薫は、いつぞやの言葉の意味をようやく理解した。志朗にほのかな憧れを抱いたこともあるだけに、衝撃も大きい。重苦しい雰囲気に包まれた3人の近衛将校の間で、志朗ひとりがにこやかに成り行きを見守っていた。


五月と志朗の密接な関係が発覚しても、玲の多香魅に対する淫行は続いていた。

観閲式以来、サディスティックな責めを受け続け、しだいにマゾヒズムに染められていく多香魅。一度に複数の相手をすることを強要され、時には沙織達の連れて来る下士卒にまで奉仕を命じられる。それでも、多香魅は未だに処女だった。

近衛連隊本部別館の医務フロア最奥に設置された特別治療室。そのさらに奥にあるタイル張りの小部屋は、この1週間常にそうであったように、熱い吐息に満ちていた。

底の浅い浴槽の傍では、毎日繰り返されて来た性の狂宴が行われている。両腕を後ろ手に縛りあげられ、上半身に縦横無尽に荒縄を打たれた多香魅は、犬の如く床に這いつくばり、黒髪を乱して喘いでいた。ひとりの少女が装着した張り形でアナルを責め立て、もうひとりの少女が舌での奉仕を強要している。淫猥に絡み合って蠢《うごめ》く3人の少女を、ただひとり軍服を着込んだ玲が虚ろな瞳で眺めている。

「あはぁ……、どうしたの？　見てるだけなんて、らしくないじゃ……んくっ、ない？」

充血した肉芽を愛撫させ快楽に浸る沙織が尋ねる。玲は腕を組んでかぶりを振った。五月と志朗のことが脳裏から離れない。結局、五月には蹶起計画を告げず終いだった。志朗との関係を考えれば賢明だ。玲は五月のことを沙織にさえ打ち明けずにいた。

身をよじって悶《もだ》える生贄を眺める瞳に、鈍い輝きが宿る。ムクムクと狂暴な衝動が湧き上がっていく。おもむろにショーツを脱ぎ捨てると、凌辱者達を後ろに下がらせた。秘唇はおろか、蕾からも粘液を滴らせて喘ぐ、哀れな少女の身体をひっくり返す。

多香魅の潤んだ瞳に険《けわ》しい表情の玲が映る。怯《おび》えと悦びが混ざり合った嗚咽《おえつ》が洩れた。

「お……、お願いです、ご主人様。ば、罰を下さい」

すっかり調教されてしまった少女のか細い懇願に、玲が放尿で応《こた》える。温かい滴りに恍惚の表情を浮かべ、多香魅の意識は泥沼の淫蕩に落ちていった。

「ペットにおあつらえ向きのご褒美を用意してやる」

富士志朗討つべし！　玲は一計を案じた。

第6章　それぞれの使命

駅前再開発によって巨大なデパートが建ち並んだイケブクローニュは、環状線で結ばれるシンジューク、シブヤンクールに次ぐ繁華街である。吹きすさぶ木枯らしの中、富士志朗少佐は北風にマントをなびかせていた。季節は確実に春に向かっているはずだが、寒気は衰える気配もない。すでに3本目となる煙草《たばこ》に火をつけると、雑踏に目を凝らした。約束の時間を20分ほどまわっているが、肝心の相手が姿を見せていない。

その時、人混みの中にひとりの少女の姿を見つける。青年はタバコの火を消して、少女へと歩み寄った。約束の相手であるはずの少女、近衛《このえ》連隊作戦将校の立花多香魅大尉は、ウールのロングコートをまとい、メイクを施していた。その足取りは酷《ひど》くぎこちない。熱があるのか、頬《ほお》は紅潮し、うっすらと汗を滲《にじ》ませている。

志朗は少女に近づくと優しく声をかけた。手近な店に入ろうと促すが、多香魅はそれを断り、「どこかふたりきりになれる場所がいい」と苦しげに囁《ささや》く。

「それは名案ですね。日没までにはまだ時間がありますが、善は急げというやつですか」

志朗はニコニコと笑いながら少女の肩に軽く手をまわし、大股《おおまた》で歩き出した。

「ま、待って！　もっとゆっくり……歩いて下さい」

「これはスミマセン。ちょっとせっかちでしたね」

志朗は帝都の各所に情報収集のための部屋をキープしていた。むろん、〝暁の狩人《かりゅうど》〟の異名を持つ彼のこと、そのほとんどがホテルの部屋である。

ふたりは〝サン＝シャンゼリーヌ60〟という高層ホテルに向かった。徒歩で10分程度の距離である。にもかかわらず、多香魅は途中で音を上げてしまった。

「ごめんなさい……。もっと近くで……」

少女の瞳は涙で潤み、肩で息をしている。

「どうしました？　ご気分が優れないようですね。救急車を呼びますか？」

「い……、いいえ。ホテルに入れば落ち着きます」

志朗はホテルに行くとは一言も言っていなかった。つまり、多香魅から誘ったことになる。近衛将校で子爵家の令嬢が、だ。ニヤリと笑う志朗は、繁華街から横道へ逸《そ》れる。きらびやかな表通りとは対照的に陰気で貧相なビルが連なる一画。青年は入口に下品な看板のある建物に少女を連れ込んだ。シンジュークの裏通りで入ったのと同様のいかがわしげなラブホテルである。それでも多香魅は黙って従った。

壁に身を預けるようにして階段を昇り、志朗のあとを追って2階の空室に入る。

「さあ、あなたの言うとおりふたりきりになりましたよ」

笑顔を崩さずに志朗が言う。暖房を最強にし、マントを脱ぎ捨てる。

「ホテルに入れば落ち着くと言ったのはあなたですよ。何か話があるんでしょう？」

多香魅はドアを背にして突っ立ったままだった。シンジュークでの一件以来、ふたりは接触を断っていた。多香魅は玲達の監視下にあったし、志朗は情報収集や秘密工作に奔走していた。ところが2日前、突然多香魅のほうから、いや正確にいえば〝まゆみ〟と名乗る女性からの電話で、志朗宛にアポイントメントが入ったのだ。電話を受けたのは秘書の岩中友美だったため、先刻まで相手が多香魅とは考えもしなかった。多香魅は沈黙を保っていた。暖房器ががなり、室温は急激に上昇したが、コートを脱ごうとさえしない。

「コートぐらい脱いだらどうです？　熱いでしょう」

苦笑する志朗に多香魅は顔を左右に小さく振ってあとずさった。そのままドアにぶつかり、顔を歪《ゆが》ませ低い呻《うめ》きを洩《も》らす。大きく息をついて目を上げると、志朗が間近で覗《のぞ》き込んでいた。多香魅の顔をまじまじと見つめるメガネの奥の瞳に、笑いは消えている。

似ている。志朗は思った。以前からなんとはなしに感じてはいたのだが、多香魅は初恋の相手である高村香織にどことなく似ていた。ただ、貴族の娘で近衛連隊大尉だということで、自分が色眼鏡で見ているのだろうと納得していた。けれど今こうしてじっくり観察すると、雰囲気や印象はまるで正反対でも、あたかも陰と陽、あるいは月と太陽のように互いに相通ずるものを持っているように思えてならない。志朗の初恋は成就されなかった。相手は11歳も年上の公爵令嬢で、恋心を抱いてすぐに結婚してしまった。故にイメージは美しい思い出として鮮烈に残っている。加えて、今の多香魅はあまりにも悩ましい表情をしていた。長い睫毛《まつげ》がフルフル震え、神秘的透明度を持つ瞳は涙に潤んでいる。色白の頬は紅潮し、汗が滲んでさえいる。肌の白さからルージュを引いたように赤い唇は、湿った息をついて濡《ぬ》れ光っていた。志朗は魅入られたように、可憐《かれん》な唇に吸いつく。

「んむぅ……！」

朱唇の隙間《すきま》から侵入した舌が少女の舌に絡む。多香魅のファーストキスはこうして奪われた。瞼《まぶた》を閉じると大粒の涙が頬を伝う。なぜか少女は、大した抵抗もしなかった。それをいいことに、指を這《は》わせコートを脱がしていく。

舌を抜いて身を離すと、コートがハラリと床に落ちた。志朗は思わず目を見張る。

「変わった趣味ですね……」

思わず間の抜けた声をあげた。多香魅はほとんど裸に近い格好をしていた。身に着けていたのは、股間《こかん》に大きな染みを滲ませたライトブルーのボーダー柄のナプキンショーツと上半身を蛇のように這い小振りの双丘をくびる荒縄だけだった。

「いっ、いやぁっ！　見ないでぇ……！」

玲達に性奴として調教されてはいたが、相手が異性であれば話は別だ。羞恥《しゅうち》から咄嗟《とっさ》に向けられた背には、両腕がギリリと縛り上げられている。

志朗の目は、形のよいヒップにフィットしたショーツの一点に注がれた。生地の下に何か固いモノがあるらしい。ヒップの谷間の位置に奇妙な出っぱりがあった。

視線に気づいた多香魅は慌てて身を捻《ひね》った。しかし、急激な動きが体内に鋭い刺激を与え、身を硬直させてバランスを失う。倒れ込む少女をしっかりと受け止め、青年はそのままベッドへと運んでうつぶせに寝かせた。ショーツに手をかけ、慎重にずり降ろす。小ぢんまりした双球や淡い叢《くさむら》が露《あらわ》になり、恥丘を覆っていた生地が糸を引いて離れていく。目的のモノはすぐに見つかった。双球の谷間からわずかに突き出た円筒形の器具。それは微妙に振動していた。蕾《つぼみ》に深々と挿し込まれたモノを、ゆっくり引きずり出す。

多香魅は唇をきつく噛み締め嗚咽《おえつ》を漏らした。完全に引きずり出された器具は、男根を摸したバイブレーターだった。クネクネと卑猥《ひわい》に蠢《うごめ》いている。乳房をくびり、アヌスにこんなモノを挿入していたのでは、まともに動けるはずがない。ナプキンショーツを履いているのも、生理のためでなく、愛液を吸収させるためのようだ。が、何故こうまでする必要があるのか？　志朗はため息をついて器具を放り出した。

敷き詰められた玉砂利の歩道を薫が歩いている。吹きすさぶ北風に、結んだ髪とスカートを盛大になびかせ歩く様は、コケティッシュであり美しい。軍人の誇りと貴族の気品、さらに18歳のはち切れんばかりのエロスが、渾然《こんぜん》一体となっている。

薫は、補給中隊棟と技術部棟、装備品整備格納棟を兼ねる放射構造の技術館へ足を運んだ。鉄筋コンクリート6階建ての建物は、3階までが吹き抜けの整備格納ハンガーに充てられている。中2階の技術部詰所には責任者の小島沙織大尉がいた。

薫が呼びかけると、沙織は笑顔で敬礼する。

「わざわざこんなところに足を運ぶなんて、珍しいですわね」

「装備について確認しておきたかったの」

「整備は万全よ。15年式べべナンブ、38式アサルトライフル、3式分隊支援火器、その他諸々なんでもござれって感じかしら」

得意げに話す少女に、薫は呆《あき》れたように口を開く。

「貴官はひとりで戦争をするつもりなの？」

「必要とあらば……」

沙織は臆《おく》するところがない。薫は、ため息をついて話題を切り替える。

「それより、安藤大尉を見なかった？」

「さあ？　今日はここには来てないけど」

「そう……。立花大尉の姿も見えないし、ふたりともどこにいるのかしら？」

多香魅の名が出たことで沙織は思い当たった。そして、いきなりケラケラと笑い出す。

「心配無用。きっと、ふたりでイイコトでもしてるんでしょう」

薫は言葉の意味を察して赤くなった。

「まさか！　あのふたりに限ってそんなコト……」

「あら、そんなコトってどんなコト？」

言えるはずもない。薫はただ頬を染めるだけだった。

「まあ、口で言えないほど恥ずかしいコトなの？　連隊長代理も意外とイヤラシイんだ」

耳まで赤く染めて沈黙する薫。詰所の兵達のかすかな忍び笑いが、余計に羞恥心を掻《か》き立てた。不意に沙織が、耳もとに湿った息を吹きかけながら小声で囁く。

「ねぇ、薫。あんな薄情者達は放っておいて、あたし達だけで愉《たの》しまない？」

薫は堪らず逃げ出した。走り去る少女のスカートからのぞく形のよいヒップを、沙織が欲望の眼差しで見送る。軽く腰に手を添え舌舐《したな》めずりをした。

「まったく！　玲ったら多香魅姉様ばかり追っかけて。あたしも薫を奪っちゃおうかな」


ベッドにつっぷした多香魅がようやく落ち着くと、志朗は荒縄の結び目に手を伸ばした。

「待って……。このまま……、わたしを犯して下さい」

顔を背けたまま少女が言う。志朗にとっては予想外の言葉だった。

「もうダメなんです……。が、我慢できない。早くわたしを、イ……、イかせて……」

多香魅にとって幸いだったのは、志朗の顔を見なくて済んだことだ。でなければ、とても口には出せなかったろう。訝《いぶか》る青年に、なおも少女は続ける。

「ど……、どうせ、わたしはもうどうなってもいいんです。だから、少佐のお好きなように、シ、シ……て……」

声が震えている。それが高ぶりのせいか、屈辱のせいか判断できなかった。あるいは、ほかに理由があるのかもしれない。とりあえず多香魅を仰向けにする。

少女は瞼をきつく閉じ、青年と目を合わせるのを避けた。

「それはありがたいんですけどね。ただ……」

くびれた双丘の頂で硬く尖《とが》る突起を爪弾《つまはじ》き、あたかもじらすように反応を待つ。

「お……、お願いです……。もう、おかしく……なっちゃう……」

「それだけですか？　それだけの理由とは思えないんですけどね」

言いつつ舌先で乳首を転がす。

「わたし、もう止められない……。だからお願いです。少佐が……。そのためなら……」

抽象的なセリフに、狩人の瞳がキラリと光った。

「今すぐにですか？」

徐々に下腹部へと舌を這わす。吐息を抑える可憐な唇がかすかに動いた。

5月15日……。志朗にはそう読み取れた。

「なるほど。まずはスルことをしないとイケませんね」

悪戯《いたずら》っぽく笑って軍刀を外し、鼻先を濡れそぼる秘部に近づけた。深呼吸をして香しい匂《にお》いを嗅ぐ。処女の香りだった。狂おしい目眩《めまい》とともに欲望のたぎりが湧いた。過去多数の女性と交渉を持ったが、こんなことは太后以外では初めてだ。

必死に自己をセーブしつつ、ぬめり輝く秘唇に舌を這わす。欲情に流されぬよう、ゆっくりと慎重に、丹念に隅々まで。その間、両手で少女の叢から双球までを弧を描く要領で撫《な》でまわす。ホテルに入る以前からバイブレーターによって極限近くに高ぶらされていた多香魅は、濃厚な愛撫《あいぶ》の前に簡単に昇り詰めていく。やがて、女性の一番鋭敏な突起を唇と舌で刺激されると、荒縄の喰い込むスレンダーな身体を反らし絶頂に達した。

「あっ、ああっ！　あぁぁぅんんっ……‼」

悩ましい叫びに呼応して、下腹部からは金色の水流がベッドへとほとばしる。

「あっ！　ごっ、ごめんなさい！」

「気にしないでいいです。少々驚いただけですから」

何事もなかったように無邪気な笑顔が言う。

「でも……、わたし最低だわ。いつもこうなんです。自分では、もうどうにもならない」

肩を震わせ泣きじゃくる少女に愛しさを感じる。同時に征服欲が加速していく。

「どうやら多香魅さんは自分で自分を過小評価しているようですね。あなたはとても素敵です。荒縄で縛られて悦《よろこ》び、可愛いお尻の穴にバイブを突っ込んで悶《もだ》え、オルガズムを感じるとお漏らししてしまうなんてね」

志朗の舌がビショ濡れになった花園を舐めまわす。

「あっ、そんな……！　そこは、き、汚い……」

構わず舌先を尖らせ、秘唇の隙間にすべり込ませる。多香魅はのけ反り、体内からは止

めどもなく蜜《みつ》を溢《あふ》れさせた。2度目の頂へと高ぶりが沸騰する。

「じゃあ、そろそろいきますよ」

志朗の言葉に小さく頷《うなず》く。本当は両手で顔を覆いたいのだが、縛られたままでは無理な話だ。逆に、もどかしさと不自由さが、少女の興奮を増長させている。志朗は荒縄にくびられた双丘を握り、灼熱《しゃくねつ》の激情を期待と不安に打ち震える濡れた柔唇に押し当てた。

「うっ！　くぅううう……!!」

肉壁を押し広げ青年の分身がわずかに侵入する。下腹部を熱い火照りと鈍い痛みが交互に見舞う。少女は唇を噛み締め、髪を振り乱して耐えた。緊張を鎮めようと、志朗が優しく口づけを繰り返す。いつかは愛する男性にとおぼろげに思ってきたが、それが今この瞬間なのだ。志朗になら、いや、志朗にこそ捧《ささ》げたい。苦痛と悦楽の狭間で少女はそう考えていた。思えば初めて近衛連隊長室で会って以来、ずっと魅かれていた気がする。多香魅は熱く応《こた》えた。ついに、乙女の温もりの中に志朗の分身は呑《の》み込まれる。

ぬめりながらまとわりつくざわめきが、初めてのオトコを熱烈に歓迎する。たっぷり濡れていたのが幸いし、出血は少ない。青年はいたわり深く躍動を始めた。

「くぅうんんっ！」

下腹部の鈍痛が激痛に変わる。両手が自由ならば志朗の背中を抱き締めて耐えられるのだろうが、縄を解いてもらわなかったことが悔やまれる。それでも、〝暁の狩人〟のテクニックは、短時間のうちに女芯《にょしん》を蕩《とろ》かすことに成功する。

「はぁあああぁぁあっ！　あぁぁぁあああんんんっ！」

少女の内部が馴染《なじ》むと、徐々にピッチを上げる。狂おしい快感に泉は枯れる気配もなく、滾々《こんこん》と愛液を溢れさせていった。ふたりの結合部からは、動きに合わせて粘る水音と粘液が漏れる。志朗は初体験の多香魅の身体をいたわって、ゆっくりと悦楽を刻み込んだ。痛みの感覚が麻痺《まひ》した少女は、ひたすら快楽の虜《とりこ》となっていく。

もはや、多香魅の昇華は時間の問題だった。そして、志朗もまた……。

「あぁぁ……、もっ、もうダメェエエエ……!!」

「ボクもです。多香魅さん、イかせてあげますよ！」

昇天に向け、動きに激しさが増す。猛り狂う高ぶりと蕩ける恍惚《こうこつ》の悦びは見事に融和し、押し寄せる熱情の大波がふたりの意識を遥かなる高みへと飛翔させる。

「んんっ、少佐ぁあああぁぁぁぁあっ！」

先に昇り詰めたのは多香魅だった。絶頂とともに、咥《くわ》え込んだ剛直をきつく締めつける。たまらず志朗は分身を引き抜き、込み上げた大量の白濁液を少女の裸身に放出した。灼熱の粘液を肌に浴び、多香魅の混濁した意識は天高く押し上げられる。視界も思考もまっ白になり、次の瞬間に漆黒の世界へと落ちていった。

失神した少女の肢体に、たっぷり白濁液を振り撒いた志朗は、背後にただならぬ殺気を感じた。多香魅の行動の裏を理解し、す早く振り向く。そこには派手な軍服をまとうしなやかな黒豹を思わす人物が抜刀して立っていた。目が合うと同時にふたりは行動を起こす。

「天誅《てんちゅう》ううっ！」

気合一閃《いっせん》、必殺の一撃が素早く閃《ひらめ》く。志朗はきわどく躱《かわ》して、第2撃に入ろうとする相手へ咄嗟にコートを投げつけた。運よく軍刀を握った腕に絡みつく。すかさず、志朗が躍りかかる。決着はあっさりと着いた。軍刀を叩《たた》き落とされた刺客は、ベッドの脇に組み臥《ふ》せられる。抵抗する相手をコートで後ろ手に縛り、顔を覗き込んだ。

「相変わらず情熱的な女性ですね。因《ちな》みにボクはＳＭもいけますよ」

志朗は平然として、唇をきつく噛み締めた刺客・安藤玲大尉ににこやかに話しかける。

「誰がそんな話をしてる！」

「安心して下さい。吊《つ》るしはなしですから」

言い終わらぬうちに、軍靴の底が志朗の顔面を捉えた。玲は続け様に蹴りを入れようともがく。しかし、一度蹴り込んだ脚はピクリとも動かなかった。志朗が膝《ひざ》の裏側をガッチリ抑え込んでいたのだ。

「やはりあなたのようなジャジャ馬は、力でねじ臥せるしかないようですね！」

メガネの奥に冷徹な光が灯る。すでに両腕の自由を奪われ、加えて両脚さえも志朗に掌握されている玲は、抵抗のしようがない。あれよという間に股間が大きく開かれていく。

揉《も》み合ううちにスカートは腰まで捲《まく》れ、ショーツがまる見えだった。

「くっ！　殺すなら早く殺せっ！」

「そんな無粋なマネを僕がすると思いますか？　なあに手間は取らせませんよ」

蹴りを入れて来た右脚をグイグイ押し上げ、露になったショーツの柔らかく膨らんだ部分へ鼻先を寄せる。少女の酸味を帯びた匂いが鼻孔をくすぐった。

「ん～ん。いい匂いですね。お味のほうは……っと」

ゆっくり舌舐めずりをしてから、ショーツの隙間にヌルリと舌先を滑り込ませる。

「ぐっ……！」

玲が嫌悪感に呻いた。粘る唾液《だえき》が絡む舌で余すところなく恥丘を物色されても、秘裂に潤いは湧き出なかった。

「どうやら刺激が足りないようですね」

筋肉質の双球から薄布をずり降ろし、青年は残酷な笑みを口もとに浮かべる。炎《ほむら》立つような叢や肉厚の秘唇が露わになっても、何ひとつ手を触れなかった。替わりに、たまたま床に転がっていた卑猥《ひわい》な器具を手に取る。それは玲が多香魅に仕込んだ電動バイブだった。

「いやぁあっ！」

志朗の思惑に気づき、必死の抵抗を試みるが、醜く節くれ立った模造男根は、すぼまる蕾へと押し当てられた。力を込めて異物を拒む玲。だが、志朗は巧みに緊張をほぐしつつ造りもののイチモツを蕾の中へと侵入させる。

「ぐぁっ！　うがぁあああぁぁぁぁぁ……！」

アヌスを貫く強烈な違和感に少女は絶叫する。しかしそれだけでは終わらない。バイブのスイッチが入ると直腸の中を激しいうねりが襲う。

「うあああぁぁぁぁっ！」

「模造品だけではご不満でしょう？」

泣き叫ぶ玲の視界の隅に、そそり勃《た》つナマのイチモツが入った。剛直の戦闘準備は完了している。志朗は濡れてさえいない秘唇に突撃を開始した。


「痛ッ！」

指先に疾《はし》った痛みに薫は思わず声をあげた。

「どうされましたか⁉」

百合が慌てて駆け寄る。連隊長執務室で軍刀の手入れをしていた薫は、迂闊《うかつ》にも刃先で右手の小指を傷つけてしまった。深い傷ではないが、白魚のような指先から細く血が流れている。それは、心なしか暗示的な光景に見えた。百合は、茫然《ぼうぜん》と指先を眺める薫の足もとに跪《ひざまず》き、おもむろに手を取って流れる血を舐め、傷口を吸った。

「すぐにお手当の用意を致します」

「いや、待って……」

立ち上がろうとする少女を制すると、怪訝《けげん》そうにつぶらな瞳が見上げる。

「百合……、わたしは、わたしは間違った決断を下したのじゃないだろうか？　指揮官として正しいのだろうか？　蹶起《けっき》の行動計画書はお前も目を通したろう？　どう思う？」

百合は慎重に言葉を選んだ。

「はい。理想的な作戦だと思います」

確かに行動計画は考えうる限り最善の策だった。宮城および近衛連隊本部と市街地を繋《つな》ぐ10カ所の門に総勢1500名の将兵を分散配置し、宮城内への外部からの侵入を阻止する。その間に連隊司令部の将校達が一切の交渉を行うのだ。

「そう、理想的だ。いや、単なる理想に過ぎないのかもしれない」

薫は深いため息をついた。

「我々が求めているものは無血開城だ。だが、本当に戦闘を避けられるものだろうか？　鎮圧の名の下に繰り出してくる帝国軍相手に……。仮に帝都近隣部隊のみの出動だとしても、彼我兵力比は10：3。まともに戦って勝てる相手ではない」

「ですが、我が連隊は宮城を背にするわけですから、帝様の軍隊である帝国軍が弓を引くとは思われません。それに、喩《たと》え戦闘が起きたとしても、わたしは……、兵達は薫様と生死をともにする覚悟ができています」

「そうか……」

「当然です」

百合は断言し、再び傷口を舐め始めた。

「そうだったな」

薫は自分に言い聞かせるように呟《つぶや》くのだった。


昭成11年2月24日。猛威を振るった寒風は治まっていた。替わりに、湿った東風が帝都にゆっくりと雲を運んで来る。黒々とした雷雲を。

その日は、近衛連隊長代理・大須薫大尉が、蹶起に血の胸騒ぎを感じ、薫の親友、安藤玲大尉が、作戦将校の立花多香魅大尉をダシにして、内務省公安担当武官・富士志朗少佐に罠《わな》を仕掛けた日であった。薫は、夜になってから玲の宿舎を訪れていた。

「今日はどうしたの？　玲らしくないわよ。きちんと説明するまで帰らないからね」

連隊長代理の職務を離れた親友としての口調。しかしそれだけに、玲には苦痛に感じられた。きちんとした説明だって？　何をどう話せばいい？　眼差しを逸らし、うつむく。

玲と多香魅の身に起こったことを薫は知る由もない。志朗暗殺計画は玲の独断だった。

窓の外の遠い空に鈍い稲光が疾っている。玲の瞳に血と光の残像が交錯した。低く歯切れの悪い雷鳴に合わせて、心臓の高鳴りが意識をぼやかしていく。

「玲……」一瞬の躊躇《ちゅうちょ》後、薫は続けた。「立花大尉と、その、ベッドをともにしたの？」

「なんだってぇ？」

「だって、沙織がそう言ってたんだもの」

ふたりと同期の小島沙織大尉は、玲のレズ仲間であり、蹶起を立案し多香魅を陥れた共謀者である。が、志朗暗殺計画は沙織も知らぬことだった。

「ねえ、もしストレスが溜まっているのなら……、わたしだって力になれるのよ」

頬を赤らめて薫が言う。それは薫からの性の誘い。薫との情事を夢見て来た玲には、魅力的でありながらも予想外の言葉だった。空に閃く雷はしだいに近くなって来ている。雷鳴のリズムは、ふたりを高ぶらせる演出となった。しばしの沈黙のあと薫はなおも言う。

「わたしも同じなの。毎晩百合に慰めてもらっているから……」

和らぎかけていた玲の表情が凍りついた。あたかも心情を象徴するかのように、窓の外に稲妻が疾る。動揺を隠し切れず、愛しの少女の肩に手を伸ばす。鷲掴《わしづか》んだ両手に力が籠《こ》もり、薫がわずかに表情を歪めた。

「ど、どういうこと……？　いつからそんな……」

「去年の暮れから……だけど……」

知らなかった！　蹶起を口にしたせいで、薫と距離を置いたのがアダになったというのか！　抑え込んでいた想いが堰《せき》を切ったように溢れ、玲は激しく詰め寄った。

「ひ、酷いよ……。そんなのあんまりだよっ！　わたしだって薫のことが好きなんだ！」

薫の瞳に涙に潤む眼差しが映る。哀しみと苛立《いらだ》ちを浮かべた眼差しが……。

「愛しているのに……。ずっと、ずっと薫が欲しかったんだ……。でも、薫には帝様がいるから……、そう思って我慢して来たのにぃ……！」

最後には涙声になっていた。薫は突然の告白に返す言葉もない。表情すら失っていた。

窓の外に再び稲妻が走った時、玲は親友であり最愛の少女への愛憎の念を爆発させた。

「あっ！　やっ、やめて……！」

強く抱き締めた途端、薫が咄嗟に抵抗を試みる。玲の中で狂暴な意識が目覚めた。強引に唇を奪い、力任せに軍服の胸もとを引き裂く。もがく薫の身をベッドの上に押し倒す。

初めて会った時から魅かれていたのに……。士官学生の時以来、恋心を打ち明けられずにずっと苦しんで来たのに……。薫のために蹶起を決意したのに……。純潔さえ犠牲にしたのに……。それなのに……。胸につかえた苦い想いを無意識に呟きながら、薫の身を包んだすべての生地を乱暴にむしり取っていく。

「いやぁぁぁぁ！　やめてぇっ」

身をよじって抵抗する薫も、歯止めを失った玲の前には、狼に襲われた哀れな子羊でしかない。露になったみずみずしい肌にむしゃぶりつき、豊かにたわむ双丘や艶《なま》めかしい叢に指を這わす。叢をかき分けた指先がぬかるんだ泉を探し当てると、ぬめる液を絡め取って満足そうにしゃぶる。いくら抵抗しても身体は正直だ。が、狂気の薄笑いを浮かべた凌《りょう》辱者《じょくしゃ》は、深い哀れみを湛えた瞳ですすり泣く獲物を目の当たりにして、我に返った。

「ごっ、ごめん。わたしは、何をしてるんだろう。こんなつもりじゃなかったのに……」

惨めだった。数時間前に無残にも純潔を奪われ、あまつさえ何年も想い続けた相手も小娘に奪われていた。自分は力ずくでしか想いを遂げられないのか。大粒の涙が頬を伝う。

「もう二度としない……」

後悔の大波が押し寄せた。しかし、返ってきた薫の反応は意外なものだった。裸身の上を跨《また》ぐ両腿《りょうもも》を指先でなぞり、贅肉の少ないヒップを覆うショーツを降ろし始めたのだ。

薫……？

驚きと戸惑いに心が乱れる。

「謝るのは、わたしのほうよ。玲の想いにちっとも気がつかなくて……。ごめんなさい」

ああ、なんて甘美な声だろう！　玲は熱くなった。

いつの間にか薫は半身を起こし、露になった秘裂に丹念に舌を這わせていた。愛しの少女に愛撫され、股間から脳天へと心地よい痺《しび》れが疾り抜ける。熱く湿った吐息をついて軍服を乱し、小振りな双丘をブラジャー越しに揉みしだいた。しなやかな肢体が悦びしなる。

「はぁあんんっ！　あぁ、薫ぅ～、いいよぉぉ～！」

男勝りの少女が発する切ない声。薫の高ぶりも加速していく。筋肉質のヒップを抱え込み、煙る叢に顔を埋める。厚めの秘唇に舌を滑り込ませて、ざわめく肉襞のぬめりをたっぷりと貪《むさぼ》った。遂に夢の叶《かな》った玲は、沙織達としていても滅多に見せぬウブな少女の姿で、頂へと昇り詰めていく。薫の可憐な唇が、充血した鋭敏な突起を食む。

「あぁん、あんっ！　もうダメェェェェ〜ッ!!」

ガクガクと全身をわななかせ、泉の奥から大量の蜜とともにドロリとした液を吐き出す。思わず飲み込んだ薫は、その奇妙な味にむせた。

「だ、大丈夫か？　無理に飲まないほうがいい。それはアイツの……、チクショウ！」

薫が飲み込んだのは、志朗が三度にも渡ってたっぷりと注ぎ込んだオトコのエキスだった。そのあまりに濃厚なセックスは、レズの経験しかない処女を屈伏させるに充分だった。実際、さしもの玲も危うく自ら腰を振ってよがるところだったのだ。それだけに、志朗への敵愾心《てきがいしん》は尋常ならざるものがある。

衝撃的なレイプの話を聞かされた薫だったが、不思議と冷静なままだった。

連隊長が参謀本部長に辱められたことや志朗と関係を持ったことを知ったせいか、男女の関わりに感情が麻痺していたのかも知れない。加えて、夢の中で体験した昭成との交わりの影響もあり、玲を羨ましくさえ思っていた。いずれにしても、今の玲を慰められる者は薫しかなく、薫には充分にその意志があった。

「玲……、もう何も話さなくていいわ。今はふたりで愛し合いましょう」

「あぁ、薫ぅ……！」

玲が感極まって薫に抱きつく。ベッドの上で熱く絡み合うふたりを、窓の外の稲光が鮮やかに照らし出していた。


翌2月25日。象徴的な激しい雷の夜が明けても、帝都上空には低くどんよりした雨雲が垂れ込めたままだった。みぞれ混じりの雨が街の温度を奪っていく。人々は何かしらの予感を抱いていたが、その正体を見極められずに、いつもと同じ日常を繰り返す。

近衛の少女達もまた、蹶起への期待と不安に目眩に似た高ぶりを禁じえずも、平静を装っていた。心からの悦びに何度も絶頂を迎えた玲は、深い眠りに就いたまま昼になっても目覚めなかった。そして、薫には理由がわからなかったが、多香魅もまた……。

昼食を終えた薫は、食器を下げる百合の背に呼びかけた。

「百合、蹶起の日取りが変更になった」

「いつですか？」

「明日だ……。明日、昭成11年2月26日早暁っ！」

五月と史郎の関係。玲の志朗暗殺失敗。国政の状況。連隊の志気……。それらを総合して導き出した結論だった。

事態は一刻を争い、敵の裏をかくにも早急な行動が望ましい。すでに機は熟していた。

「質問は？」

「ありません。早速伝達します。」

突然の予定変更、しかも残された余裕は半日。それでも、兵達の緊張を考えれば5月では遅すぎた。準備は万端、訓練もゆき届いている。連隊には何も問題はないはずだった。

そこへ不意に電話が鳴る。受話器を取った百合は厳かな口調で対応した。

「薫様……、お父上から、大須伯爵様からです」


午後9時。大須伯爵家で催されたパーティーは最高潮を迎えていた。宴《うたげ》の主役は薫である。魅力的なプロポーションに、華やかなイヴニングドレスをまとった伯爵令嬢とのチークタイム。それは、薫の父・大須功一郎伯爵が企画した盛大な花婿探しであった。

生憎《あいにく》の天候にもかかわらず、各界から招かれた若い紳士達は、こぞってダンスを申し込んだ。薫は請われるままにステップを踏み、笑顔を振り撒いた。父への最後の孝行になるかも知れない。その思いが薫を揺り動かしていた。さらに、蹶起のカモフラージュの意味もある。蹶起前日にわざわざ出向いたのは、そのためだった。

宴が終わると、大須伯爵は娘を自室に呼んだ。

「どうだ、お前の目に適う相手はいたか？　家柄も経歴も申し分ない前途ある若者達だ」

自分の企てに素直に従った娘を満足げに眺め、伯爵は目を細めた。ドレス姿もまんざらではない。

「父上は、本気でわたしに結婚せよと申されるのですか？」

「やはり心に決めた相手がいるのだな？」

大きくため息をついて、ふと、接客の合間のたびに娘が話しかけていたひとりの青年を思い出した。

「富士少佐かね？　彼ならば反対はせんよ。貴族の出ではないが、頼もしい男だ」

「いいえ。わたしは結婚などできません」

薫は頃合だと思った。もうひとつの目的、父との決別の時が来たのだ。

「わたしは」薫はピシリと背筋を伸ばした。「近衛連隊長代理・大須薫は、帝皇陛下の御ために然《しか》るべき行動を断行することに致しました」

伯爵の顔から笑みが消えた。然るべき行動……。その意味をおぼろげに理解したのだ。

「なっ、なんという愚か者だ！　お前は、近衛と大須家の名誉に泥を塗るつもりかっ」

「いいえ。薫は、むしろ何もせぬほうが不名誉であると考えます。父上ならばおわかりになるはずです」

「黙れっ！　伝統ある大須家に逆賊はいらん！」

大声で怒鳴りつけられても、薫は動じなかった。

「今の話はなかったことにしてやる。が、これ以上の戯言は許さんぞ」

父としての威厳を込めて伯爵が言う。それでも薫は、きっぱりと跳ねつける。

「なんと言われようと、薫の意志は変わりません！」

「ならば、父が今この場で成敗してくれるわっ！」

言うが早いか、伯爵は壁にかけてあったひと振りの軍刀を抜き放った。シャンデリアの明かりに白刃が煌《きら》めく。

「ご随意に。ですが、ただでは討ち取られません！」

逆上した伯爵の前で、薫はドレスの裾《すそ》を優雅に摘まんだ。父娘は身動きひとつせず睨《にら》み合う。目に見えぬ激しい火花が弾け散った。ふたりの間の空気がかすかに揺らぐ。上段に振りかぶる伯爵の軍刀がピクリと動いた。薫の瞳に注がれていた視線が、その後ろの、いつの間にか小さく開かれた扉へと移る。

「すまぬが、今取り込み中でな」

「そのようですね」

そう答えたのは、志朗だった。正面に刃を向ける父、背後に公安武官の志朗。絶体絶命の危機的状況にも薫は毅然《きぜん》としていた。

やがて、父は娘の頑なさにかぶりを振って、突きつけた軍刀を収める。

「よかろう。お前の好きにするがいい。しかし、ことが起きれば父自らがお前を討つ！心しておけ、父娘であるのは今夜限りだ。明日からは敵同士だからな」

薫は父の心情を思いやり、精一杯の感謝を込めて華麗な会釈を送った。

父との対決を終えて、薫は志朗を自室に誘った。宴の席で青年を見つけた時から、父と同様に決着をつけるつもりでいたのだ。ところが、美しく飾られた部屋の中に青年を招き入れると、少女の身体は今にも倒れそうにガタガタと震え出した。

18年間絶対の存在であった父に、生まれて初めて逆らった緊張と興奮が、ようやく実感として現れていた。激しい動悸《どうき》と高ぶりに襲われ、もはや志朗との対決どころではない。

「大丈夫ですか？」

優しく肩を抱かれ、思わず青年の胸に身をあずける。子守り歌のような穏やかな心音が、精神にまとった鎧を除装させていく。肩に置かれた手が、細くくびれた腰に添えられる。高ぶりが別のものへと変わる。百合を、玲を、そして夢の中で昭成を求めたように、薫のオンナが熱い涙を流す。火照りを抑え切れず、目の前のオトコにすがりつく。

「抱いて……。抱いて下さい。連隊長や玲にしたことを……、わたしにも……して……」

「魅力的な話ですね。けれどあなたのことだ、何か条件があるんでしょう？」

薫の表情が強《こわ》ばり、当初の目的を思い出す。

「はい。どうか……、どうかお願いです。わたし達の行動に目をつぶっていて下さい」

志朗はため息をつく。なぜ近衛の少女達は物事を身体で解決しようとばかりするのか？

「それは難問ですね。あなたはボクが公安武官だと知っているでしょう？」

「だからこそお願いしているのです。帝様の置かれている状況はご存じのはずです。我々は帝様の御ためにに起つのです！」

息が弾み、ドレスの下の豊かな双丘が波打つ。うつむく薫は、かすれた声でつけ加える。

「わたしの身体では不足ですか……？」

「とんでもない」

「では、承知していただけるのですね？」

「まずは、あなたの決意のほどを見せてもらってからです」

薫はためらわなかった。蹶起成功のため、昭成のため、我が身を犠牲にする覚悟はとうにできている。小さく頷き、ゆっくりとドレスを脱ぐ。志朗の眼前にコルセットとショーツに包まれた眩《まぶ》しい肢体が披露される。全身を舐める熱い視線にたまりかねて、薫は目を閉じた。幼い昭成との戯れの時のように……。

「それじゃあ、ボクのを舐めてもらいましょうか」

青年はそう言ってベッドに腰を降ろす。いつの間にか股間のファスナーが開かれ、直立した分身が姿を現している。すでに先端には透明な雫《しずく》が滲んでいた。薫は、初めて目の当たりにするオトコのシンボルに心を奪われた。どうすればよいのかわからないままに、床に膝をついて脈動する剛直に手を伸ばす。昭成のモノもこうなのだろうか？　ぼんやりと思いを巡らせ、恐るおそる舌を這わせる。舌先にオトコの味が染み込んだ。昨日知ったばかりの志朗の味だ。志朗にリードされた薫は、唾液に濡れた肉棒を口に含み、丹念に舌を這わした。行為に熱中するうちに、自らも悦びを刻む。双丘を揺らし、腰を振り、止めどもなく溢れる愛液がショーツを濡らしていく。突然、口に含んだ剛直がビクンと跳ねた。

「はむぅぅっ！」

灼熱の激流が喉《のど》に流れ込む。激しくむせて怒張から口を離すが、溢れ返った白濁の粘液は顎《あご》や胸に滴った。志朗には珍しい暴発だった。

余韻もそこそこに、服を整えた青年が立ち上がる。

「薫さんの決意はよくわかりました。ですが、ボクにも使命がある。喩えあなたと敵対することになろうとも、遂行しなければならない重大な使命です」

薫が表情を曇らせ、志朗は続けた。

「それに、ボク達の心にはお互いに大切な人がいる。できることなら、もっと早く愛し合いたかったですね」

昭成の姿が脳裏を過る。涙で視界が霞《かす》んだ。と、頬に優しい唇の感触が触れる。

「また会える時を楽しみにしていますよ」

意味深げな微笑《ほほえ》み。そして礼儀正しく会釈をすると、青年はテラスから小雨の降りしきる裏庭へ飛び降りた。慌ててテラスへ出た薫の目に映ったのは、雨に煙りわずかな街明かりにぼんやりとたたずむ梢《こずえ》だけだった。

第7章　雪、降りやまず

昭成11年2月26日午前4時。細かな霧雨はみぞれへと変わり、やがてはボタ雪となっていた。漆黒の世界に純白の綿花が舞う中、水銀灯の煌々《こうこう》とした光に浮かぶ近衛《このえ》連隊本部がにわかにざわめく。非常呼集である。20分と経たぬうちに、完全武装の将兵が練兵場に整列する。少女達の顔は皆一様に緊張していた。いよいよ蹶起《けっき》の時が来たのだ。

父との決別を果たした近衛連隊長代理・大須薫大尉は、1時間ほど前に帰隊しており、出陣の準備を整えて部下達の前に立った。「隊士諸君！」薫が指揮台の上で声を張りあげる。連隊の全員が彼女の一挙一動に注目した。どの少女の瞳もキラキラと輝き、士気は極めて高い。唯一、作戦将校の立花多香魅大尉だけが困惑の面持ちでいた。

冬の早暁、しかも悪天候下の出撃に、派手な近衛軍服の上に厚手のフード付ロングコートを着込む少女達は、防寒用の白手袋をはめた手に38式自動小銃を抱えている。

「ついに蹶起の時が来た。我々は一命を奉じて帝皇陛下をお救いするのだっ！」

頬《ほお》が紅潮していた。マントを羽織る身がブルッと震える。武者震いだった。18歳の近衛連隊長代理は、厳しい視線で顔を巡らせ、腰の軍刀を抜き放つ。

「連隊は宮城に向けて出撃する。前進っ！」

各中隊長の指揮のもと、少女達は進撃を開始する。先導する軍曹が士気高揚に軍歌を歌い、続く兵達も声を合わせた。あたかも訓練のように整然とした行進だ。歩兵部隊が営門を出ると、補給中隊の車両もあとを追った。部下達を見送った薫は、ベルトに着けたポウ

チから金無垢《きんむく》の懐中時計を取り出す。それは、近衛入隊の記念に父がくれたものだ。蓋《ふた》の裏には、薫の命と引き替えにこの世を去った母の写真がはめ込まれている。

「母上……、あなたの娘は大義のために起ちます。どうか見守っていて下さい」

母への呟《つぶや》きは、同時に父への言葉でもあった。ことが起これば敵として立ちはだかるという尊敬すべき父への宣戦布告である。薫は本部駐屯地守備の指揮を先任下士官に託し、1隊を率いて宮城正門へと向かった。宮城の周囲には民家はなく、官民のオフィスビルが建ち並ぶだけである。早暁の、しかも悪天を突いた近衛の動きを目撃したのは、寒さに震えるノラ犬くらいだろう。純白に彩られた幻想的なゴーストタウンの中心で、行軍は堂々と、かつ迅速に行われた。だがこの時、帝都の周辺では近衛とは別の動きが密かに進行していた。しかしそれは、薫を初めとする蹶起部隊の少女達には想像さえできなかった。

連隊の出撃と同時に、連隊司令部の各将校と近衛学校へ伝令が走っていた。機密保持のために直前まで蹶起の日時を知らされなかったが、各人極めて速やかに行動した。連動する歯車に狂いは許されないのだ。自宅マンションで就寝中に伝達を受けた五月は、ついに時が来たことを知った。〝敵を欺くにはまず味方から〟という格言を思い起こす。もはや連隊は自分の手から離れていた。あとは形だけの連隊長として最善の努力をするだけだった。かねてからの打ち合わせどおり、政府と国防総省への交渉を行うのである。

午前7時。政府との交渉を副連隊長に任せ、伝令から手渡された蹶起趣意書を携え、ひとり国防総省に赴いていた。

国防総省、ひいては帝国軍の実権を握る参謀本部との交渉に、他の者を当たらせるわけにはいかなかった。副長以外の将校にはマスコミとの接触を下命してある。参謀本部長・田貫完爾少将に面会を求めた五月は、シャンと背を伸ばし、オフィスのドアを開いた。

「近衛連隊長・有馬五月、入ります！」

室内は薄暗かった。窓という窓のブラインドは降ろされ、卓上スタンドの明かりだけが灯っている。贅沢《ぜいたく》な机の向こうに、妙に落ち着き払った田貫少将の姿が浮かんでいた。

「我が近衛は本日早暁、宮城外周を占拠、蹶起致しました。これが蹶起趣意書です」

少将は動じる様子がない。帝の立場の確保、近衛の存続などを記した蹶起趣意書を訝《いぶか》しげに手渡す。ふと、部屋の隅に人の気配を察知した。

「ふん。愚かなヤツよのう」

闇の中から姿を現したのは、宮内大臣の本間進之助だ。五月の驚きの声と同時に部屋の照明が灯った。慌てて振り返る先に、田貫の腹心の部下・浜井大佐と憲兵隊の一行がいる。

「失礼します！　憲兵少佐、本郷《ほんごう》であります」

「こっ……、これは……？」

「どうじゃ、田貫。ツバメも役に立つであろう？」

感服して少将が頷《うなず》く。五月だけが唖然《あぜん》としていた。

「まだわからぬか。お前は富士に売られたのだ。昨夜遅く、わし宛にきゃつから〝近衛に謀反の企てあり〟と連絡が入ってな。政府と軍の威信を損なわぬよう、完全対決の断固たる行動を求めて来おったのよ。お前は富士にしゃべり過ぎたのだ。あやつ、それを録音したディスクを持っておったぞ」

そんな……！　五月は絶句した。だが、この対応の速さは確かにそれを暗示している。

「今頃、お前の部下達も憲兵隊に押さえられているはずよ。帝都は本朝0500時を以って厳戒態勢に入っておる。在京部隊はおろか、近郊からの増援部隊も随時集結中だ。残りの賊軍どもは、我が帝国軍が総力を挙げて叩《たた》き潰してくれるわ！」

田貫が言い放った。絶望に打ちひしがれる五月。果たして、それは蹶起の失敗のためか、部下達の危機のためか、あるいは志朗に裏切られたためか、自分でもわからなかった。

「有馬大佐殿、身柄を拘束します」

本郷少佐が礼節を尽くして五月の手を取った。

「待て。この者は首謀者だ。我々が直接尋問する。貴様達は下がってよい」

本郷が「しかし」と抗するなり、浜井が口を開く。

「なんだ？　これは命令だぞっ」

軍隊において命令は絶対である。参謀本部の内情を熟知している憲兵少佐は、歯ぎしりをしながらも引き下がらざるを得なかった。憲兵隊が去るなり、イスにふん反り返った老獪な宮内大臣は五月の身を値踏みするように言う。

「さて、たっぷりと調べさせてもらうか」

本間の言葉を合図に、田貫と浜井は美しく哀れな獲物の軍服を剥《は》いだ。引き裂かれ、乱暴にむしり取られる着衣の下から、豊満な肢体が現れる。男達はすでに充分過ぎるほど股《こ》間《かん》を充血させており、五月の運命は火を見るより明らかだった。

「自決など考えるなよ。お前の対応しだいでは、賊軍どもを救ってやってもいいのだぞ」

田貫が卑猥《ひわい》に口もとを歪《ゆが》ませて笑う。甘かった。すべて甘過ぎた。実戦を知らず、世の現実から遠く離れ、近衛という純粋培養の世界に生きる少女達には、大人達の駆け引きなど無縁のものだった。死ぬこともままならず、心の拠《よ》りどころをも失ってしまった自分には、性の奴隷になり下がり飼い馴らされる以外に道はない。五月の前には、凄惨《せいさん》な生き地獄が淫蕩《いんとう》の口を開けて待ち構えていた。

午前10時。宮城正門を占拠した薫達率いる主力部隊は、車両と土嚢や鹿砦、鉄条網などの遮蔽物《しゃへいぶつ》を並べたバリケードを3重に構築し、完璧な布陣で交渉の結果を待っていた。すでに行動開始から6時間が経過しており、交渉の難航がうかがわれる。

案の定、斥候将校が血相を変えて走って来た。

「ほっ、報告っ！　敵主力が接近中っ‼」

少尉の言葉が終わらぬうち、薄い朝靄《あさもや》を突いて多数の機械音が、そこここで鳴り響く。

「見ろ、90式戦車だ！」

双眼鏡を覗《のぞ》いていた沙織が叫んだ。宮城の周囲を巡る主要幹線道路や高速道路に、帝国軍の機械化部隊がひしめいていた。裏門や通用門を占拠した隊からも「敵機甲部隊見ゆ」との連絡が届く。帝国軍部隊は続々と宮城外周に集結しつつあった。予想外の事態に、将校達の間に動揺が疾《はし》る。交渉が数日に及びさえしなければ、鎮圧に乗り出すのは在京の歩兵連隊と近隣の応援部隊程度と踏んでいたのだ。

「あれは教導団に配備されているのだな。モン＝フジ駐屯地から引っ張って来たんだ」

兵器マニアでもある技術将校の小島沙織大尉が的確に分析する。

「この調子だと、空軍や海軍まで出動してるんじゃないのか？」

沙織の隣で双眼鏡を覗いていた安藤玲大尉が呟く。

「ＥＣＭを張っているから大丈夫。現に陸軍航空隊の姿もないでしょ？　いくら参謀本部でも、宮城への攻撃は命令できないもの。けど、威嚇にしては派手ね」

「いずれにしても情報が洩《も》れていたってことさっ！」

玲が吐き捨てるように言い、多香魅を睨《にら》みつけた。もっとも、それは玲が仕組んだことだ。情報を餌《えさ》に内務省公安武官の富士志朗少佐を誘き出し、暗殺するつもりだった。しかし結果は失敗。あまつさえ逆襲を受けてしまっていた。

一方、多香魅は自分に向けられた鋭い視線にも気づかず、ただ茫然《ぼうぜん》としていた。確かに情報をリークしたが、蹶起は5月15日と伝えただけである。2月26日への変更は多香魅自身、直前まで知らされていなかった。にもかかわらず、この対応の速さはどうだ。いや、それ以前に、志朗と交わした愛の契りは夢だったのだろうか？

もっとも、玲の言葉は、むしろ薫の心を抉《えぐ》っていた。昨晩の志朗とのやり取りが脳裏をかすめる。そして、父との決別の情景も。薫はポツリと、しかし確信を込めて言った。

「威嚇じゃない……。向こうは本気だ！　父なら……、帝都警備司令・大須功一郎伯爵中将は、このくらいの手を当然打って来るっ」

玲が色を失う。自分が描いた戦略が、いかに甘かったか思い知らされた。すべては薫のために。それがこんな結果になろうとは……。

その時、驚愕《きょうがく》の表情を浮かべた将校達の耳に鎮圧部隊からの最初のメッセージが届く。

「近衛将兵に告ぐ！　すでにお前達は完全に包囲されている。無駄な抵抗をせず、ただちに投降せよ！　さもなくば、一族郎党までが逆賊の汚名を着ることになるぞっ!!」

威圧的な常套句《じょうとうく》だ。

「心理作戦のつもりかっ。こんなことで近衛の団結が揺らぐと思ったら大間違いだっ！」

玲が吠《ほ》えた。もはや後戻りはできない。玲も、薫も、近衛も。ならば蹶起を成功させるしかない。玲の横を抜け、薫が積み上げられたバリケードへ悠然と歩いた。部下の少女兵達が小銃を構えて臨戦態勢に入っている。そのままバリケードの中段にすっくと立った。

「包囲軍指揮官に申し上げる！　我々が起ったのは、帝皇陛下をお救いし、お護《まも》りするためである。その目的が達せられるまで、我が隊にはひとりの脱落者もないっ！」

凛《りん》とした声だった。１００メートルと置かず対峙する鎮圧部隊の中央に陣取った移動司令部で、参謀本部長が鼻を鳴らす。

「フン！　謀反人の分際でほざきおるわ」

言っておいて、田貫少将は隣に立つ中将の階級章を着けた人物に一瞥《いちべつ》をくれた。

眼光鋭い初老の将軍は、戒厳司令に任命された帝都警備司令官である。威厳に満ちた足取りで、つかつかと包囲軍の先頭に歩み出るなり、眼差し鋭く正面を見据えた。

「戒厳司令官・大須功一郎伯爵中将である。お前達の言い分は聞いた。しかし、畏《おそ》れ多くも陛下をお護りするはずの軍隊が、帝都を騒乱に巻き込み、あまつさえ宮城に白刃をもって押し入ろうとは言語道断！　即時解散せねば、鎮圧軍のみならず、帝国軍の総力を動員しても、お前達を掃討することになるぞ」

伯爵の言葉は、近衛に対してというより、娘に送られていた。薫もそれを充分承知して声を張りあげる。

「そちらがその気ならば、受けて立ちましょう！」

しばし、父娘の睨み合いが続く。雪が止み薄陽に照らされた街に数発の銃声が轟《とどろ》いたのは、まさにその時だった。薫の横で事態を注視していた少女の身体が宙に舞い、後ろにいた牧村真理奈中尉の腕の中に倒れ込む。〝情報屋〟の異名をとる兵藤美加二等兵である。

一瞬の出来事も、薫にはスローモーションのように見えた。

「何事だっ⁉　誰が発砲を許可したっ！」

部下達を見まわし伯爵が怒鳴ると、落ち着き払った参謀本部長が言う。

「閣下の策は手ぬるい。説得など無駄でしょう。ここは殲滅《せんめつ》あるのみ！　賊徒は女子供の烏合《うごう》の衆。指揮官を討てばこと足りる。それとも伯爵閣下はご自分の娘は討てないと？」

「馬鹿な！」

狡猾《こうかつ》な少将は冷ややかに頷き、部下の将校に「例のモノを」と指示した。

銃声のこだまが消えぬうちに、薫はバリケードを飛び降りて美加を抱き起こす。1発の銃弾が少女の右腕を貫通していたが、命に別状はなさそうだ。急いで衛生兵を呼び、応急処置をさせる。その場の全員が、近衛創設以来初めての戦傷者に、ショックを隠し切れなかった。この先、どういう事態が起こるのか。

「あれを見ろっ！」

狙撃手を探していた沙織が叫ぶ。一同が振り返ると思いもかけぬ光景が目に入った。

近衛と鎮圧軍を隔てる街路に引き出された十文字の木組み。そこには全裸の近衛連隊長が奇妙なポーズで縛りつけられていた。窮屈に身悶える肢体に縦横無尽に荒縄が這《は》い、白濁した粘液に塗れている。くびり出された豊かな双丘の先端をクリップで摘まれ、大きく割り開かれた股間には、ヴァギナに2本、アナルに1本の棒状の器具が蠢《うごめ》いている。秘裂から滴る大量の淫蜜《いんみつ》が積もった雪の上にポタポタと垂れていた。

苦悶《くもん》と恍惚《こうこつ》の表情を交互に浮かべ、ギャグボールを咬ませられた口から声高な喘《あえ》ぎを洩らす五月。彼女の自我は、完全に崩壊しているかのようだった。

見せものにされた生贄《いけにえ》は鎮圧軍にも衝撃を与えた。参謀本部配下の部隊には、もの陰にまわって己の分身をしごき出す者までいた。が、一般の部隊は違う。

大須伯爵は、参謀本部の非道なやり方に怒りを露《あらわ》にしていた。

「これが武人のやることか！」

「連中の戦意が衰えればしめたもの。我々は穏便にことを済まそうとしているのですよ」

田貫は耳を貸さない。きつく握り締めた伯爵の拳《こぶし》がブルブルと震えた。

「おのれぇっ！　ヤツらは鬼畜かっ!!」

静まり返った近衛の将兵の中で、最初に口を開いたのは沙織だった。途端に怒りの合唱が始まる。戦意が衰えるどころか、少女達は怒りに熱く燃えた。

「もはや一刻の猶予もない！　宮殿への突撃を敢行しよう。この場は我々が死守する！」

唇を噛み締める薫に、玲が提案した。いつものまっすぐな眼差しが見つめる。近衛が実力行使に出れば戦闘は避けられまい。とはいえ、今のままでは何も解決しない。時間をかければ不利になるばかり。五月は敵の手に落ち、交渉は決裂したのだ。となれば……。

行く手に待つのは、勝利か？　破滅か？　いずれにせよ、一路突貫あるのみである。薫は大きく頷いた。ふたりの少女の間に熱い想いが流れる。それ以上言葉はいらなかった。

「野中曹長！　本部中隊から臨時に1個小隊を編成しろっ」

「すでに待機中です」

間髪を置かず百合が答え、薫はかすかに微笑《ほほえ》んだ。

「よろしい。わたしに続け！」

「はい！　どこまでもおともします」

いったんはやんでいた雪が再び降り始めていた。薫は軍刀を抜き放ち、白い息を吐く。

「いくぞぉっ！　小隊突撃っ！」

薫の号令一下60名の将兵が、宮殿に向けて進撃を開始した。

昭成11年2月26日早暁。降りしきる雪の中、ついに近衛は蹶起した。

薫の指揮のもと、22名の少女将校に率いられた総員1500名の近衛連隊は、連隊司令部、近衛学校と連係して、宮城の外縁の占拠・籠城《ろうじょう》に成功。対する政府および帝国軍は、情報のリークにより帝都全域に戒厳令を発動した。同時に、帝都の守備を担う第1師団とモン＝フジの機甲教導団からなる鎮圧軍が出動、迅速に対応する。また、戒厳令にともなう第1級情報管制によって、大ジャポン帝国帝都トキオの状況は一般国民から完全に遮断され、重ねて、30年振りに降った大雪が帝都の機能を完膚なきまでに消失させていた。

午前11時、薫に率いられた1隊が突撃を敢行した。その報は、ただちに国防総省内に設けられた戒厳司令本部へ伝達される。戒厳司令官・大須功一郎伯爵中将以下、全将校が現場の移動司令部に詰めており、本部には宮内大臣の本間進之助が陣取っていた。

「ようやく動きおったか。賊軍を徹底的に殲滅せよ」

伝令兵に言い渡し、老人はひとりほくそ笑む。近衛のお蔭で宮城攻撃の口実はできた。あとは田貫がうまくやるだろう。太后の身体は捨て難いが代わりの女はいくらでもいる。所詮《しょせん》は、太后も帝も邪魔な存在だ。明日には名実ともに、わしがこの国の主となる！

本間が下した宮城攻撃命令が伝わると、移動司令部では司令官を含め将校達の間にざわめきが起きた。

「宮城に弓引けなど、正気の沙汰《さた》とは思えん！」

「命令ですぞ、大須伯爵閣下。指揮官はあなただ」

「左様。わたしは指揮官として、この命令には承服しかねる」

「ふんっ。娘が娘なら、親も親だ！」

現時点で海軍と空軍は、帝都に与える被害が甚大すぎるとして、作戦参加を見合わせていた。陸軍航空隊も、近衛の張ったジャミングが功を奏し出動できずにいる。田貫少将はわざとらしくかぶりを振り、横に控えていた第1師団第1連隊長の阿隅大佐に向き直った。第1連隊は鎮圧軍の主軸部隊である。

「阿隅大佐、この男の身柄を拘束しろ！　以後は貴官が攻撃を指揮するのだ」

「お断りですな」

口髭《くちひげ》を蓄えた恰幅のよい大佐は、他人事のように煙草《たばこ》をくゆらして言った。

「なんだとぉ⁉　貴様も反抗するのかっ」

「攻撃するのなら、参謀本部麾《き》下《か》の部隊でやればよろしい。わたしは願い下げですわな」

「貴様それでも名誉ある帝国軍人かっ！」

阿隅の人を喰った態度に、少将が怒鳴り散らす。すると、第1連隊副官の若い中尉が声を張りあげた。

「我々は田貫閣下の軍隊ではありませんっ。帝皇陛下の軍隊です！」

連隊の兵達も小銃を構えて威嚇する。

「えぇい、勝手にしろっ。だが、あとで吠え面かくなよ。浜井、15分後に攻撃開始だ！」

「いいか！　向こうから仕掛けてくるまでは、こちらから絶対に撃つんじゃないぞっ！

我々は、大義のために起った正義軍だということを忘れるなっ!!」

迎撃防御の陣形を整え、守備隊指揮官の玲が訓示する。宮城の周囲には、もともと深さ15メートル、幅30メートルの堀と城壁が巡らせてある。バリケードを築いた正門を護る主力部隊は、第2大隊を基幹とする500余名の歩兵という布陣だ。

来るなら来てみろ！　玲は軍刀の柄を強く握った。

「敵襲ぅーっ!!」

鎮圧軍の動向を監視していた高橋南中尉が叫んだ。同時に、90式戦車の一群が、一斉射撃とともに前進を始める。轟音《ごうおん》と硝煙が正門の周囲を満たす。

実戦経験のない少女達は、圧倒的な敵の前に、しばし成す術《すべ》がなかった。

「落ち着けっ！　向こうだって実戦経験はないんだ！　その証拠に、弾は我々の遥か後方に着弾してるぞっ!!」

耳をつん裂く炸裂音《さくれつおん》に負けず玲が怒鳴り、最前列に配備された対戦車機銃や携行兵装の応射で、たちまち数台の戦車が爆発して果てた。

近衛の歓声も束の間、それまでマト外れに飛んでいた砲弾が的確に目標を選び出す。雪の舞う戦場で、アスファルトの路面やバリケードが吹き飛び、悲鳴があがる。少女達は、生まれて初めて直面する死の恐怖に抗《あらが》い、遮二無二撃ちまくった。

「玲、あとの指揮は任せたわよっ！　あたしも1隊を率いて出る！」

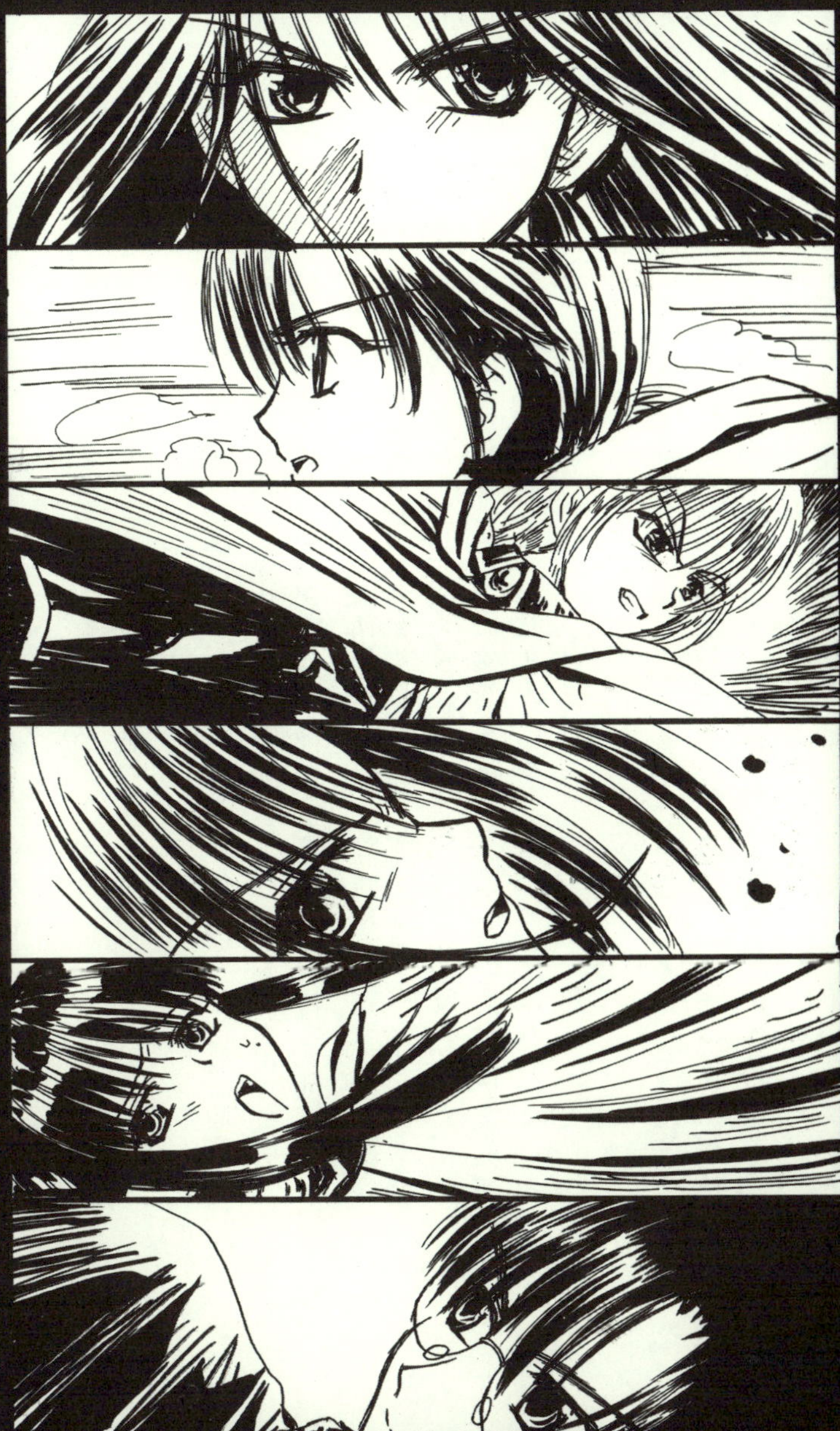

沙織が玲の耳もとで怒鳴り、軍刀を抜き放つ。

突撃する沙織隊に盛り立てられ、戦いは激戦の様相を呈していった。

薫隊は宮城内の深い積雪を踏み締め、激しい砲撃をかいくぐって宮殿に辿り着いた。

木製の頑丈な扉を打ち破って屋内に躍り込むが、いかに宮城警護を担う近衛とはいっても、宮殿内では勝手が違う。帝の居室さえおぼつかない。逸《はや》る気持ちを抑えつつ、広く複雑な建物内をしらみ潰しに探すことにする。

薫達が駆け抜けたあと、群れからはぐれた雛鳥《ひなどり》のようにフラフラと歩く少女の姿があった。多香魅である。薫隊について来たはいいが、未だに思考が混乱していた。

周囲で炸裂する砲弾に怯《おび》えながら、多香魅は虚ろな瞳で志朗との記憶を思い浮かべる。

ふと、背後に人の気配を感じた。錯覚か？　いや、確かにそこには人がいた。

「あっ、あなたはっ⁉」

「これは多香魅さん。とんだところでお会いしましたね」

目の前にひょっこり現れた志朗が言う。多香魅は知らなかったが、そこは秘密の地下通路の出入り口なのだ。その通路は皇家の逃げ道として作られたのではなく、存在を知る者はもはや誰ひとりいないというシロモノだった。しかも縦横無尽に入り組んでおり、志朗も完全に把握しているわけではない。かつて近衛連隊本部に顔を出した時も、こうした抜け道のひとつを調べているうちに、たまたま駐屯地の敷地内に出てしまったのだった。だが今は参謀本部が宮城を攻撃中である。うっかりすれば、砲撃の真下に顔を出してしまうかもしれない。それでも、志朗は運を天に任せて地下通路を進んで来たのである。

「これは、どういうことなんですかっ⁉　わたしと……、シ……、シたあとに何があったんです？　何をしたんですっ？」

「ああ。玲さんと3回ほど。それに、薫さんには口でしてもらったな。しかし、あなたも五月さんもそうでしたが、近衛の女性は皆具合がいいですね」

多香魅は体内の血液が逆流するのを感じた。玲と？　薫と？　五月と？　いったいどういうことだ？　思考が益々混乱し、唇が震え声が出せない。重苦しい沈黙を爆発音が破った。周囲の木立が振動し、雪を乗せた枝が鳴る。戦闘の喧騒が遠くから聞こえた。

「まさか……、こうなることを予想して……、わたしと……？」

多香魅の問いに志朗が屈託なく笑う。あまりにもあっけらかんとした態度が、少女の怒りに火をつけた。自分ばかりか、近衛を陥れたことに無性に腹が立つ。

「許せない……。あなたを、絶対に許すわけにはいかないっ！」

メガネの奥の瞳は、まるで挑発するように醒《さ》めている。少女は怒りに全身を震わせ、余裕の笑みを浮かべる青年に対し軍刀を抜く。唐突に志朗が突進した。慌てて腰だめに構えた刃に確かな手応《てごた》えを感じる。瞬間、多香魅は力強い腕に抱き竦《すく》められた。その意味を理解する間もなく、ふたりは激しい爆風の洗礼を受ける。そのまま少女は意識を失った。

どのくらいの時が過ぎたろうか。多香魅は、安らかな眠りから覚めるように目を開く。いつの間にか床の上に横たわっていた。多香魅は、破壊された古風な内装が宮殿の一室であることをうかがわせる。志朗の姿はすでになかった。焦点の定まり切らぬ瞳で辺りを見まわす。

絶え間ない着弾の衝撃が、かすかな振動となり部屋を震わす。どうやら宮殿のかなり奥の部屋のようだ。なぜこんなところに？　むろん、それは愚問だ。志朗が運んでくれたに決まっていた。少佐が爆発からかばってくれた？　身を起こすと、血に濡《ぬ》れた軍刀を握り締めていることに気づく。意識の混乱は錯乱へと変わりつつあった。

「少佐……？　志朗……さん？　どこにいるの？　志朗さん……？　志朗さぁぁんっ！」

多香魅は軍刀を投げ捨て、不確かな足取りで部屋を彷徨《さまよ》い出るのだった。


近衛と鎮圧軍の激闘は続いていた。正門前は阿鼻叫喚《あびきょうかん》の地獄になり果てている。双方多数の死傷者を出して、一進一退の膠着《こうちゃく》状態にあった。鎮圧軍の装甲車両が大破擱座《かくざ》し始める中、戦場では両軍入り乱れての白兵戦が展開された。

沙織隊は目覚ましい活躍を見せたが、それだけに敵陣深く入り込み過ぎていた。

「沙織のヤツ、突出し過ぎだぞ！」

そのセリフが終わらぬうち、集中砲火を浴びて窮地に陥ってしまう。息を呑《の》む玲の目に国軍兵士の突貫を受ける沙織の姿が映った。

「沙織っ！　早く逃げろっ‼」

絶叫虚しく、獲物を見出したハイエナどもが孤立した少女へと迫っていた。初の実戦で多大な損害を被った兵士達は、一様に怒りと苛立《いらだ》ちと憎悪をたぎらせる。そこへ、敵軍将校が無防備に姿を晒《さら》しているのだ。しかも身に着けたコスチュームは露出度が高く、豊満なプロポーションが手に取るようにわかる。憎しみは簡単に淫《みだ》らな欲望へと変化した。

気づいた時にはもう遅かった。股間を怒張させた男達に取り囲まれ、応戦虚しく少女達は次々と凌辱鬼《りょうじょくき》の群れに押し倒されていく。沙織は最後まで抵抗を試みるものの、何本もの屈強な腕に押さえつけられ、瞬く間に軍服を引き裂かれてしまう。

清純さを醸し出しながら華やかなデザインを施したブラジャーとショーツに、男達の目が血走る。たちまち股間を剥《む》き出しして襲いかかって来た。

「いやぁああっ！　やめろぉおおおっ‼」

レズ経験は豊富であっても、沙織は処女に等しい。直接的な刺激よりもムードを好み、バイブレーターを使ったこともない。なのに、群がるハイエナは男嫌いの少女を欲望のままに犯す。膣腔《ちつこう》はもちろん、アナルも、口も。あぶれた者の中には下着を奪い取り、少女の香しい匂《にお》いを嗅ぎながら自慰に耽《ふけ》る輩《やから》もいた。

「ぐああっ！　うぐっ、うぶぅっ！　うむぅぅぅぅっ‼」

「いやっ！　やだぁっ！　助けてぇぇっ！」

「きゃあああっ！　だっ、誰かあっ！　いやあ！　お母さぁぁぁぁん！」

嬲《なぶ》り者となった少女達の悲鳴が、汚れた雪に吸い込まれる。

「チクショウッ!!　沙織っ、待ってろ！　今助けにいくっ！　南、指揮を執れっ！」

噛み締めた唇を紫色にして、玲が前線へと飛び出した。

「大隊長！　援護しますっ!!」

すぐあとを板倉恵美中尉率いる1隊が追う。沙織のお気に入りの少女は玲以上にショックを受けていた。同じ頃、囚《とら》われの五月も、磔台《はりつけだい》から引きずり降ろされ、男達の欲望の玩具《がんぐ》になり果てていたのだが、玲達には知る術もなかった。

「沙織！　沙織、しっかりしろっ！」

玲を先頭にした斬り込み隊は、沙織達を凌辱していたハイエナの群れに躍り込む。鬼神の如《ごと》き様相に、這々の体で逃げ出す兵士達。無様な男どもを蹴散らし、玲はまとっていたマントで沙織をくるませた。そして、自らしんがりを務め、すぐさま宮城内に退却する。

「前線を下げろっ。宮城の中まで退くんだ！」

沙織救出に躍起だった近衛は、応戦に弾みがついた。けれど、なんとか自陣に辿り着いた玲は、無惨にも嬲り者にされた少女を抱きかかえ、もはや指揮を執る気力を失っていた。

参謀本部麾下の部隊と近衛の正面対決により、宮殿への砲撃は中断されていた。それでも、荘厳な建物は4割が破壊され、延焼が続いている。薫達が最後に辿り着いたのは宮殿の最深部、太后の間であった。迷路のような構造や参謀本部の砲撃に、今や1分隊にも満たぬ兵を率い、鍵《かぎ》のかかった大扉を打ち破る。薫は、兵達をその場の守備につかせ、百合だけを連れて、広く薄暗い室内に突入する。太后の間へ足を踏み入れた薫は、意外な人物が幽鬼の如く立っているのに気づいた。ランプの明かりに照らされた顔は、志朗だ。

「し、少佐殿!?　どうしてここに……？」

「あなたを待っていた。互いの目的を遂げるために」

普段からは想像もできない厳しい声で言って、志朗はおもむろに広間の奥へと歩を進める。しばらく呆気《あっけ》に取られていた薫も、百合とともにあとを追った。

「これは何事じゃ？」

不意に暗がりから声がする。目を凝らす先には、美しい顔立ちと均整の取れたプロポーションを持つ女性、太后・御西の方がいた。

「何故、そなたがここにいる？」

「陛下、緊急事態です」志朗がこともなげに言う。「帝国軍の1部隊が宮殿に攻撃をかけています。首謀者は宮内大臣と参謀本部長です」

「なんと！　近衛は何をしておるのじゃ」

言葉とは裏腹に太后はいたって無表情で、青年の後ろに立つふたりの少女を見やった。

「むろん、応戦中です」言葉に窮する薫に代わり志朗が言う。「しかしながら、1部隊とは申しても相手が正規軍では、戦況は一進一退といったところです」

「相わかった。わらわが勅命を授ける。指揮系統を一本化し、全軍を挙げて本間と田貫を討つのじゃ。皇家に仇《あだ》なす者には天罰を与えよ」

深々と頭を下げた青年の口もとが、わずかに歪む。す早く奉勅命令書を書きあげた太后は、青年に手渡すと口を開いた。

「志朗、此度のことは叛乱《はんらん》かえ？」

「いいえ、陛下。革命でございます」

「革命とな？　これは異なことを。わらわの民が革命などという愚挙を行うはずがない」

「いかにも」メガネのレンズ越しに鋭い眼差しが光る。「ですが陛下の正体を知れば、そうも言い切れますまい。現に、近衛と参謀本部が、まったく異なる理由でクーデターを起こしたのですからね。お蔭でボクは思いどおりにことが運べました」

「何を言っておるのじゃ？」

太后が、抑揚のない声で驚きを口にする。薫と百合も、志朗の本意がわからずに顔を見合わせていた。

「あなたが、人間でも、ましてや神などでもなく、ただの機械の塊だということですよ」

忠実な下僕を演じて来た青年が、ついに本性を現す。

「これは笑止。いったい何を言い出すかと思えば。わらわは御西の方、大和香織ぞ」

「ボクが言っているのは、香織様の後ろにいるあなたのことです、太后陛下。いいや、永久国政管理コンピュータ〝太后システム〟と呼ぶべきですかね？」

瞬間、表情ひとつ変えずに御西の方が動揺を示す。一切の動作がなくなり、糸の切れた操り人形のようになる。予想外の展開に固唾《かたず》を呑んだ薫と百合も、身じろぎせずに志朗の一挙一動を見守っていた。と、青年の右手が腰のホルスターに伸びる。

「ボクは、あなたのカラクリを知ってしまったんですよ」

おもむろにシュペルナンブを構えた。鈍く光る銃口は御西の方の額に向けられている。

少佐っ⁉　薫が叫んだ。叫んだつもりだった。が、乾いた喉《のど》を突いたのは、吐き出す息の音だけだ。志朗が発する得体の知れない威圧感と悲壮感が、少女の身体を金縛り状態にしていた。それは百合も同じだ。

「志朗、早まるでない」

美貌《びぼう》の人形に動作が甦《よみがえ》る。身にまとった宮廷衣装をスルリと脱いで全裸になった御西の方は、ゆっくりと優美な足取りで歩み寄る。悩ましい肢体。濡れた唇。豊かにたわむ乳房。張り詰めた乳首。細い腰。上向きのヒップ。ヒクつき、甘い汁を滴らす淫裂。艶《なま》めかしい両腿《りょうもも》。17歳の子を持つ母とは思えぬほど見事な肉体のすべてで、妖《あや》しく志朗を誘う。

「わらわと交わした情を忘れたのかえ？」

たたみかけるように、潤んだ瞳の美女が言う。だがしかし、結果は逆効果だった。容姿とかけ離れた抑揚のない声が、志朗の使命を呼び醒ます。

「香織様、御免っ！」

薄暗い大広間に2発の銃声が轟いた。1発は額、もう1発は心臓を、それぞれ正確に撃ち抜く。バランスを失った美女は、舞い降りる雪のように、緩やかに崩れ落ちた。

「香織様！」

血の気の失せた表情で青年が駆け寄る。赤い血溜りに没した身を抱きかかえ、優しく唇を重ねた。自分の命を分け与えるかの如く。かすかに唇が動き、ハッとして耳を近づける。

「しろ……ちゃ……ん……、あ……り……が……と……」

それきり、御西の方、いや、高村香織は、二度と動かなくなった。

志朗はしばらくうなだれていたが、やがて低くかすれた声を出す。

「薫さん、ついてきて下さい。まだお互いに、目的を達したわけではないでしょう？」

そう言って、志朗は太后の亡骸《なきがら》を抱いたまま、ゆっくりと歩き始める。玉座の奥には垂れ幕で隠された小さな隠し扉があった。扉の向こうには地下へと続く長い階段が見える。この先に昭成様が？　志朗を先頭に3人は階段を降りていく。黄泉路《よみじ》のような長い階段。その一段一段を踏みしめるように歩く志朗は、もう永遠に口を開くことのない香織の亡骸

に、切々と何かを語りかけているようだった。やがて、どこまでも続くと思われた階段が終わると不思議な空間に突き当たる。太后の間より遥かに広い部屋には複雑なメカニズムがひしめき合っていた。大規模なコンピュータルーム、というより、むしろ部屋自体がひとつの巨大コンピュータなのだ。それが何のためのものか、薫や百合にわかるはずもない。

「ヤッテクレマシタネ、志朗」

どこからともなく、御西の方に似た抑揚のない声が流れる。志朗が顔をあげると、壁面が色鮮やかに明滅した。茫然と周囲を眺めていた薫だったが、明滅する光学パネルの隙間《すきま》に、半ば機械に埋もれる形で繋《つな》がれた少年を認めた時、弾《はじ》かれたように行動を起こす。

「昭成様っ！　どうしてこんな……!?」

若き帝の体は、まるで機械の一部のようにも思えた。

「昭成様！　わたしです！　薫ですっ！」

必死の呼びかけにも反応はない。パニックに陥った薫は、少年を解放しようとケーブルやパイプに斬りかかろうとした。

「ヤメナサイ。ソレデハ昭成ガ死ンデシマイマス」

薫がはたと動きを止める。ぎこちない動作で、声のする方向に首を向ける。

「あなたは……、誰なの……？」

「ワラワハ太后。昭成ノ母デス」

「太后陛下……？　少佐殿、どういうことですか？」

志朗の腕で息絶えている太后と、自らを太后と名乗る巨大コンピュータ。わけがわからず、薫は説明を求める。

「2600年前、帝国の建国とともに造られたこのコンピュータこそが、本当の太后なんですよ。もっとも、ボク以外誰も知らないことですけれどね」

「で……、では、昭成様は……」

「香織様と同じく、操り人形に仕立てられた存在」

「そんな……、まさかっ⁉」

「違イマス。香織ハ人間ヲ調整シタダケ。昭成ハ他ノ帝同様、人間ヲ越エルタメニ創ラレタばいおろいど」

コンピュータはそう言うと、昭成の身を解放した。少年を薫と百合が受け止める。端正な顔に手を触れると、酷《ひど》く冷たい。浅くゆっくりとした呼吸が、存命を辛うじてうかがわせる。それを見届けた志朗は、御西の方・香織の骸を床の上に横たえ、奉勅命令書を封入した封筒にす早く走り書きを加える。

「これを持って早く行きなさい。蹶起は充分に利用させてもらいました。もう用はない」

差し出された封筒は血に染まっていた。初め薫は、封筒を染めた鮮血が香織のものだと思った。しかし、よく見れば青年は脇腹に深手を負っている。帝の身柄を確保した薫にとり、太后の勅命は鬼に金棒、大義と正義をともに手にしたことになる。が、果たしてこの状況下に志朗を置き去りにしてよいものか。

「さあ、早くっ。あなたの使命を全うしなさい！」

ためらう薫に、有無を言わせぬ迫力で青年の言葉が突き刺さった。帝を救う。そのために多大な犠牲を払って来た。今は昭成を無事に連れ出すのが先決だ。

「はい、わかりました」

少年の冷たい身をマントでくるみ、薫と百合は両脇から支えて部屋を出るのだった。

あとに残った志朗は、チラリと香織の骸に視線を落としてから、巨大コンピュータと対峙する。そして、おもむろにホルスターから拳銃《けんじゅう》を抜いた。

「ナゼ、ワラワノ正体ガワカッタノデス？」

声と口調の奇妙な違和感を感じつつ、志朗は硬い表情で口を開く。

「あなたは、ボクに権限を与え過ぎた。ボクは自由に宮殿のデータベースにアクセスできる。その中に、あなたに関しての極秘情報があったのです」

「ワラワニ関スル情報ニハ、幾重モノぷろてくとガ施シテアッタハズデスガ」

本当の太后、いいや、スーパーバイオコンピュータシステムは、感情を表すようにメカニズムを明滅させた。

「解析には時間がかかりましたよ。何人ものプログラマーやハッカーに依頼しましてね」

実のところ、志朗が帝国を裏で支えるカラクリを知ったのは、データベースへのアクセスだけによるものではなかった。子供の頃、高村公爵家の書庫で、香織が読んで聞かせてくれた夢物語のお陰である。難解な文字で書かれた古文書を、香織は噛み砕いて読んでくれた。香織に読み方を教えたのは、30年近く前に家庭教師をした帝国大学の岩中教授、つまり志朗の秘書・友美の父である。秘密を知った彼は、のちに社会から抹殺された。

香織でさえ信じていなかった古文書の内容は、空想の話ではなく事実だったのだ。

志朗にしたところで、データベースにアクセスするまでは、単なる絵空事だと思っていた。しかし、運命の悪戯《いたずら》か、時代の必然か、彼は知ってしまったのだ。

「けれど、ボクには、あなたの正体などどうでもよかった」

「ナラバ、ナゼコノヨウナコトヲ……？」

「あなたが香織様を操り人形に創り替えてしまったからです。あまつさえ、薄汚い男どもを飼い馴らすための道具に使った！　ボクを決意させたのはそのことです」

「ソウデシタカ。志朗ヲ寵愛《ちょうあい》シタノハ、ワラワノみす。香織ガ時折制御ヲ拒ンダ原因モ、ソノタメデシタカ」

2600年という永い年月、自己修復と増殖を重ねて来たシステムには感情が芽生えつつあった。しかし、いかに進化したコンピュータとはいえ、生きた人間の愛憎を理解できるはずもなく、結果として、致命的なミスを犯してしまったのである。

「香織様は、ボクの初恋の女性だったんですよ」

もう18年も前のことだった。当時、志朗は7歳。高村公爵家の令嬢・香織は18歳の近衛将校だった。志朗の父・隆宗《たかむね》は、帝国でも有名な刀鍛冶《かたなかじ》で、最後の重鎮と呼ばれた高村公爵家にも仕えた名工である。富士一家は高村家の賓客として、一時公爵の屋敷に同居していた。香織は志朗を時に弟として、時に小さな恋人として扱ってくれたのだった。帝皇家に嫁ぐ日までの間。思えば、志朗の貴族と近衛に対するトラウマ的思い入れは、こうして形成されたのだろう。

「香織様が前帝に嫁がれた時……、太后システムの端末デヴァイスに選ばれてしまった時に、ボクの夢は終わったはずだった。それを……、あなたが甦らせた！　ある意味とても感謝していますよ。しかし、夢はいつかは終わるものです。あなたの夢もね」

「ワラワノ目的ハ、夢デハアリマセン。人民ヲ管理シ、国家ヲ永遠ニ維持サセルコト」

かつて、このテールに人間は存在しなかった。4つの大陸は、無人の大地だったのである。そこへ、遥か彼方の別の惑星から移民が行われた。複数の国家同士の利害の衝突により故郷の惑星を滅ぼしてしまった人々が、国ごとの巨大宇宙船で、それぞれの新天地を求めたのだ。だが不幸にして、テールに辿り着いた移民者達は大きな事故を起こし、その文明を失ってしまった。

刻が流れ、移民者達の子孫が細々と暮らすテールに、同じ惑星を発った別の国の移民船が訪れる。その船に乗っていたのが800万の神々と称される人々であった。彼らの持つ文化やテクノロジーは、文明を失ってしまった人々にとって、神の奇跡でしかなかったであろう。一方、永《とこしえ》の移民船暮らしに飽きた人々にとっては、まさにテールは新天地だったのである。結果、お互いの人種は融合を果たした。そして、語り継がれる歴史を創りあげたのである。そこには、同じ過ちを二度と繰り返さないための作為があった。

「ソノタメニ、2600年前ノ先人達ガ、ワラワ……、スナワチ〝太后しすてむ〟ヲ構築シ、奇跡ノ帝皇ヲ開発スル〝帝ぷろぐらむ〟ヲ組ミ込ンダノデス」

太后システムを築き、帝プログラムを計画したのも、さらにいえば、伝統を重んじ、貴族という階級さえ作ったのも、すべては国家の安泰に基づく永遠の幸福のためであった。

人々を帝という絶対的存在のもとにまとめ、意識を意図的に操作して従順な国民に仕立てあげる。それは国の分裂を防ぐ手段だった。永い宇宙の旅の間、移民者達はコンピュータの集中管理に任せて生き長らえて来た。故に、未開の大地に根を下ろし1からのスタートを始めようとした時、コンピュータに頼らざるを得なかったのは、しかたのないことかもしれない。最初の神とされる〝イザナキウス〟と〝イザナミエス〟も移民者達が創りあげた使役用のアンドロイドであった。今現在、皇家の身辺を賄う女官達も同じである。

時の為政者達は、国民の心を求心する偶像として、皇家という虚構を構築したのだ。しかも帝皇は、伝説のとおり奇跡を起こせなければならない。日常的なテクノロジーを奇跡と信じた先住移民者の末裔《まつえい》達と違い、将来において、科学を理解する人々に真実の奇跡を見せる必要がある。それが、奇跡を起こす者を創りあげる〝帝プログラム〟なのだ。帝は機械仕掛け、あるいは白い血のアンドロイドではなく、限りなく人に近いものでなければならない。バイオロイドと設定されたのはそのためだった。

国を維持・繁栄させるための〝太后システム〟と民を求心するための〝帝プログラム〟を二本柱に、帝国は盤石な基礎を築いていくのである。

「モットモ、未ダ1体モ完璧ナ帝ハ完成シテイマセンガ……」

超常的な奇跡を起こすバイオロイドを創造する技術は完成していなかった。太后システムが2600年間試行錯誤を繰り返しても未だに完全ではない。代々帝皇が短命なのは、そこに理由があった。次なる優性な遺伝子と国民の崇拝を一度に得るため、帝の妃《きさき》は広く国民から選ばれることになっていた。若い女性ばかりで構成された近衛連隊の創設も、合理的な遺伝子調達の一環であった。国家の重要機密を知ることになる代々の妃達は、香織同様すべからくロボトミー化されてしまうのである。

また、ひとつの惑星に1000万にも満たない人口では繁栄を実現するには心許ない。そこで国民となる人々には、種の繁栄を誘導するように人為的操作も施されていた。子孫を残すための行為、すなわちセックスに対する寛容な意識と肉体的反応である。2600年の間に薄れてはいるが、それでも志朗を初め多くの人々が性に敏感なのはそのためであった。けれど、そうした作為は時代とともにいつか綻《ほころ》びを生じさせる。それが今なのだ。

「ワラワガ与エラレタ使命ハ、マダ終ワッテハイナイ」

本来、こうしたシステムには、チェック機能がつきものである。もちろん、当初は帝国にもカラクリを知る者は多く存在した。高村公爵が最後の重鎮と称されたのは、システムの秘密を知る最後の家系であったからだ。けれど、2600年の間に高村家を初めとして秘密を知る人物は死に絶え、安穏に満足する子孫達はシステムチェックを顧みなくなっていた。そうして、システムそのものが忘れ去られてしまったのだ。

にもかかわらず、独立自己管理型の太后システムは、秘密主義に守られた宮城の中、今日この日まで綿々と与えられた使命を全うしていた。

「それも今日で終わりです」志朗の瞳がコンピュータを睨む。「あなたが香織様を選ばなければ……、ボクを召し抱えなければ……、本間を咥《くわ》え込みさえしなければ……、こんなことにはならなかった！」

言い終わると同時に、青年は決然とシュペルナンブのトリガーを絞った。

「野中曹長、兵を率いて勅命を戒厳司令に届けろ。全員を連れて行くんだ」

昭成を太后の間へと担ぎ出して、薫が言った。百合のつぶらな瞳に驚きの表情が浮ぶ。

「戦いを終わらせなければ蹶起は成功しない。わたしも帝様をお連れしてあとから行く」

薫は笑みを見せた。戦いの最中に、帝を宮殿の外に連れ出すのは危険過ぎる。かといって、このまま宮城に留まっていれば、近衛は賊軍として壊滅させられてしまうだろう。せめて伝家の宝刀、奉勅命令を世に示し、近衛の名誉と少女達の命を救わなければ……！

そして、その想いと同じくらい強く、薫は昭成とふたりきりになりたいと願っていた。

「頼む、百合……」

「はい。わかりました」

主の気持ちを察し、少女は封筒を受け取って廊下に展開していた兵達に指図する。

走り去る足音を聞きながら、薫は昭成の身体をしっかりと抱き締めた。

玲の率いた10数名程の斬り込み隊が、沙織を凌辱していた国軍兵士を駆逐した。すぐさま嬲り者にされていた少女を抱え、宮城内に退却する。

「沙織！　沙織、しっかりしろっ！」

大量のオスのエキスに塗れ正体をなくした沙織は、虚ろな瞳をして反応がない。

「衛生兵！　衛生兵っ!!」

叫ぶ玲の頬に大粒の涙がこぼれた。襟元に留めたスカーフを引きちぎり、玲は同志の顔を拭《ぬぐ》う。沙織が咳込《せきこ》んだ。喉の奥から白濁液を吐き出し、無残に汚された豊満な肢体が大きく痙攣《けいれん》する。男達が散らした花びらや蕾《つぼみ》からも、ドロリとした粘液が垂れ流される。

「チクショウ！　蹶起なんか口にしなければっ！」

薫への想いを遂げた代償が、こんなにも残酷な仕打ちなのか！　玲に性の悦《よろこ》びを教えてくれた少女は、悦びとはほど遠い性の地獄を体験して虫の息だった。

戦闘はまだ続いていた。このままでは、全滅も時間の問題かもしれない。正義・大義とは、かくも虚しく無力なものなのか！　自らの運命にかけがえのない友を、仲間達を巻き込んでしまった玲は、ただ慟哭《どうこく》に暮れるのだった。


未だに鎮圧軍の主力である第１師団は行動を起こしていなかった。それでも、近衛は宮城内に撤退を余儀なくされ、正門および周囲の城壁は瓦解《がかい》していた。誰が見ても近衛の敗色は明らかである。

「薫……。お前の読みは甘かったな……」

戦況を見つめる大須伯爵が呟いた。戦いの結末を思うと心が重い。

不意に「閣下！」と呼びかけられた。第１連隊長の阿隅大佐が、副官の乾中尉とともに小柄な少女を連れている。少女が近衛兵なのは一目瞭然である。

見覚えのある顔だった。確か、薫附の下士官だったはずだ。激戦の中を潜り抜けて来たらしく、息を切らし、身体のあちらこちらに軽い傷をこしらえている。

「薫様は……、大須大尉殿は、まだ宮殿の中に……」

衛生兵を呼ぼうとする伯爵に、百合は封筒を差し出した。

「それより、早くこの戦いを終わらせて下さい！　お願いしますっ!!　勅命ですっ。本間と田貫を討て、とっ！」

阿隅が差し出した血染めの封筒には、ボールペンで書かれた走り書きがあった。伯爵はさっと目をとおし、蒼《あお》ざめた表情で口に出して読み返した。

「太后陛下は参謀本部による宮殿攻撃のため崩御。故にこの奉勅はご遺言なり……。なんということだ！」

驚愕と深い悲しみの入り混じった感情を露にし、深く長いため息をつく。やがて、背筋を伸ばした忠臣は、闘将の威厳を遺憾なく発揮して宣言する。

「わたしは、一隊を率いて国防総省にゆく。貴官は参謀本部の部隊を制圧してくれ」

「了解であります」大佐は敬礼し、副官に命令を発した。「師団長に連絡！　憲兵隊も動員しろ。本郷少佐は、捕虜になっている近衛を確保！」

阿隅はことが起こる以前に、友人である志朗と密約を交わしていた。それは、有事の際に参謀本部の暴走に同調しないことだった。憲兵隊の本郷に、蹶起とともに五月を初めとする近衛将校の身柄を確保させせようとしたが、それは不幸にして失敗に終わっていた。参謀本部との交渉にあたった五月だけは、どうしても救えなかったのだ。本郷は責任を感じ、以来阿隅とことの成り行きを見守っていた。隙あらば五月奪還の機会をうかがって。とはいえ、若き狩人《かりゅうど》の真の目的は、阿隅も本郷も知りはしない。

突然、宮城の方角から大地を揺るがす振動が疾る。任務を果たし薫のもとへ戻ろうとする百合と、命令の伝達を任された乾中尉は、急いで指揮所を走り出た。

戦いに汚れた雪を蹴り、百合はもと来た道を全力で駆け戻る。第1師団の介入で戦場は混乱していた。もっとも、味方有利の状況だけに、百合は脇目も振らずに宮殿を目指した。

第7章　雪、降りやまず

宮殿内を彷徨っていた多香魅が太后の間に辿りついた時、足もとの地下最深部では激しい爆発が巻き起こっていた。突きあげる激震と隠し扉から吹き出した爆風が、少女を細かな装飾を施した柱に叩きつける。痛みに顔をしかめていると、霞《かす》んだ視界に人影が見て取れた。多香魅は息を呑む。薄暗い室内で青年が脇腹を鮮血に染め、しゃがみ込んでいた。うなだれた顔に瞳の輝きはなく、少女の気配さえ感じ取れないようだ。

「志朗さんっ！」慌てて駆け寄る多香魅。「ああ、どうしよう！　目を開けて下さいっ」

その呼びかけに、うっすらと瞼《まぶた》が開き、弱々しくかすれた声が洩れる。

「やあ、多香魅さん……。ボクはもうダメです……」

「そんなこと……、そんなことない！」

「ボクはね、この手で最愛の女性を殺してしまった。きっとバチが当たったんですね」

青年の口調には生気がなく、死を悟っているようだ。もっとも多香魅には、志朗がなんのことを言っているのかわからなかった。あるいは、傷のために記憶が錯乱しているのだろうかとも思う。志朗の口もとは、かすかに笑みを湛えていた。

「多香魅さん……。最後の頼みを聞いてくれます？」

少女は涙で瞳を曇らせながら大きく頷いた。

「香織様に似ているあなたに抱かれて逝《い》きたいな……」

多香魅は絶句し、何度もかぶりを振る。初恋の相手が、初めての男性が、目の前で死んでしまう。芽生えた愛が、実感した途端に失われてしまう。

「わたしでよければ、いくらでも……！　だから、死なないで！　いいえ、わたしが絶対死なさない！　だって、志朗さんはわたしの大切な男性ですものっ！」

「多香魅……」

少女の純粋な愛を受け止め、志朗が囁《ささや》いた。甘く優しい響きが多香魅の感情を解き放つ。

「志朗さん！　わたしのあなたぁっ!!」

ありったけの情熱で抱き締め、熱く深いキスを送る。死なせるものか！　生を実感させ、冥界へ行ってしまわぬように、しっかりと強く繋ぎ留めておくのだ。多香魅は、青年の乾いた口腔内《こうこうない》を唾液《だえき》で潤わせ、少しでも生の感覚を与えようと懸命になった。


宮殿中央、帝皇の間。重々しく威厳に満ちた造形で帝の威光を具現化した部屋は、未だ破壊を免れていた。薫は、意識の戻らぬ昭成と、ここにいた。

「お体を温めなければ……」

呟いた薫が、少年の身を抱き締めた時、背後に異様な殺気を感じる。

「貴様達のお蔭で俺の部隊は壊滅だ。今頃は大臣も逮捕されているだろう。俺の野望をブチ壊しおって！」

地位も名誉も失った男が叫ぶ。参謀本部長の田貫完爾である。

「だが、ただではやられんぞ！　死なば諸ともだっ‼」

鬼神の如き形相の田貫が、少女めがけて斬りかかる。間一髪、薫は機敏に身をかわして軍刀を構えた。復讐に燃える手負い野獣から、なんとしても昭成を護るのだ。少女は決死の覚悟で立ち向かう。蝶の如く舞う反撃の太刀。その一閃《いっせん》が、田貫の軍刀の刃をまっぷたつに切断した。まるでスローモーションのように、ゆっくりと刻が進む。

唖然とする田貫の手が懐の拳銃へと伸び、少女の耳に懐かしい声がかすかに届いた。

「か……、か……ほ……る……。かほ……！」

声とともに、ドンッ！という衝撃波が帝皇の間を震わせる。何が起こったのか、にわかには信じられなかった。ふと、人の気配を感じる。

いつの間にか昭成が立っている。少年は突き出した手から眩《まばゆ》いばかりの光の帯を発していた。光の奔流に撃たれた田貫は、すべての動きを封じられる。

「ぐおおぉぉぉぉっ！　こ、これが帝の力かぁっ‼」

やがて、参謀本部長・田貫完爾は断末魔の叫びを残し、光の中に没した。

数秒後、光が消えたあとに、彼が存在した痕跡《こんせき》は何ひとつ残っていなかった。

「陛下……。昭成様」

安堵《あんど》のため息をついた薫が、恋い慕う帝の顔を見つめる。薫の声は愛しさに満ちていた。

優しく微笑む少年の瞳をじっと覗き込む。一瞬、10年前の姿が目に浮かぶ。

「かほ……。心配をかけた。すまぬ」

薫は「いいえ」と首を振り、まっ直ぐな眼差しを送る。

「どうか、皆のために先ほどのお力をもう一度！」

薫の訴えに、今度は昭成が首を振った。

「余は神ではないよ。それに、余の力は不完全なのだ。死んだ人間を甦らせることなど到底できぬ」

「ではせめて……、これ以上死なさないで下さい！」

激しい戦いに、いったい何人の部下が命を落としただろう。そして今こうしている間にも、どれほどの人命が失われるのだろう。薫は、その思いを昭成にぶつけた。

「かほ……」

いたわり深い声に薫がふっと瞼を開く。ふたりは、瞳をとおして互いの心を見つめる。

そうして、若き帝皇は静かに微笑む。

「わかった、やってみよう。だがパワーが足りん。かほの力を貸してくれるか？」

熱意が通じ、薫は嬉しそうに頷いた。

「命と引き替えになるやも知れんが……、よいか？」

薫の肩に手を置いて、昭成が念を押す。それでも、少女の表情には憂いはなかった。

「構いません！」

「相判った。かほ……、薫、参るぞ」

何が起ころうと不安はなかった。バルコニーの外に、粉雪が舞っている。数キロ先の正門では散発的な銃声が続いていたが、戦いは終幕を迎えようとしていた。宮殿にも宮城にも多数の死傷者がいるはずだ。自分を信じてついて来た少女達を、ひとりでも多く救いたかった。蹶起は成功したのだから。不意に昭成がきつく抱き締め、薫は静かに瞼を閉じた。

「求めよ、されば道は開かれん！」

ふたりは目を閉じたまま、熱い命の絆《きずな》を求めた。昭成の身はもう冷たくはない。生命の証しとして、熱い鼓動を刻んでいる。薫もまた、胸を熱くする想いの丈を重ね、互いの心音がひとつになっていく。ふたりは熱い口づけを交わし、抱き締め合う。

互いを求め、平和を求め、命の救済を求めた。

その様子を物陰で見つめるひとりの少女がいた。薫の身を案じ、移動司令部から息急き切って戻った百合である。ふたりの姿を、少女は嬉しそうに見つめている。薫の幸せは百合の願い。玲を初めとする近衛の願いでもあった。

粉雪を降らせていたぶ厚い雲に隙間が生じる。薄い陽差しが帝都を照らした。スポットライトのような陽光が愛し合うふたりを包み、美しく輝かせる。そして、心をひとつに結んだ薫と昭成は、体内から溢《あふ》れ出た温かく清らかな光を周囲に放った。

ふたりの様子を物陰で見つめる百合は、神秘的な奇跡の光に目を奪われ、息をひそめていた。だが、それはまだ序章にすぎない。本当の奇跡は、これからだった。

不意に、太后の間に眩い光が射す。志朗も多香魅も、その光の中に呑み込まれていく。朧《おぼろげ》気な意識の中、志朗は自分の名を呼ぶ声を聞いた。それは酷く懐かしい響き。甘美で切ない感情が、志朗の胸に込みあげる。声の主が誰か初めからわかっていた。公爵家令嬢で近衛大尉でもあった高村香織。もう永遠に会えない初恋の女性である。

『志朗ちゃん、どうしたの？　明日からは、もう慰めてあげられないんだから、もっと強くならなくちゃ。男の子でしょ？　ねっ。ほらほら、もっと胸を張って、元気に笑って』

それは過去の記憶だった。けれど今の現実でもある。あの時自分は、幼すぎて香織を引き留められなかった。それが酷く悔やまれた。だが、今なら一緒になれる。志朗がそう考えると香織の表情が変わった。香織は無言で志朗を睨んでいた。考えてみれば、香織の命を完全に奪ったのは志朗である。彼女がそれを恨んだとしても不思議はない。志朗は途方に暮れた。新たな後悔と自責の念が、彼の生きる意志を奪っていく。すると……。

「志朗さん！　志朗さぁぁぁんっ！　わたしのあなたぁっ!!」

背後から誰かが呼んでいる。とても甘美な声だった。その声の主のもとへ行きたい。そんな気持ちが志朗の中に芽生える。なぜ……？　香織に嫌われたからだろうか？　香織が死んでしまったから？　だが、そうではなかった。純粋な想いが、志朗の中にはあった。

そう。彼女を、多香魅を愛している。声の主の名がハッキリとわかり、同時に自らが抱く感情も明確になった。チラリと香織の顔を垣間見る。香織はニッコリ笑っていた。それは、祝福の笑みだった。志朗は香織に微笑み返すと、小さく手を振り、多香魅の待つ場所へと走り出す。さようなら、香織様……。

『しろ……ちゃ……ん……、あ……り……が……と……』

志朗の胸に頬を寄せていた多香魅は、今にも消えそうな心音が力強さを増すのを感じた。


混濁する意識の中、沙織は玲の声を遠くに聞いていた。それ以外は、ほとんど何も聞こえない。五体の感覚も失われている。まるで宙に浮いているようだった。

そこで彼女は悟る。自分の魂が肉体を捨て去ろうとしていることを。もう、この身体は使い物にならないのだろう。お役ご免の使用済みというわけか。朦朧《もうろう》とする頭に、自嘲《じちょう》気味な思考が浮かんだ。そう考えると、涙が込みあげてきた。開いているだけで何も見えていない目の端から、汚液と混ざった白濁の雫《しずく》がこぼれ落ちる。もっと、生きたい……。感覚の麻痺《まひ》した身体の中で、生の恍惚の記憶がかすかな疼《うず》きをもたらしている。それが錯覚なのか、あるいは死を目前にした肉体の悲鳴なのか、沙織にはわからなかった。

戦闘はまだ続いている。自らの運命にかけがえのない友を、仲間達を巻き込んでしまった玲は、ただ慟哭に暮れて沙織を抱き締めていた。だがこの時、命の消えかけている沙織はもとより、玲さえも知らないところで、戦況が大きく変化した。それまで何ひとつ動きを見せなかった鎮圧部隊の主力・第1連隊が、正義・大義の名の下に整然と作戦行動を開始したのである。

〝叛軍・参謀本部部隊を鎮定せよ〟それが彼らに下された命令だった。

突然、辺りに眩い光が射す。玲はふと光の方向に顔を向けた。光は宮殿の中心からのものだった。そう、薫が向かったはずの場所からほとばしっているのだ。

荘厳な建物を突き抜け、天高くに伸びる光の柱。厚い雲を押し開き、光柱はさらに先の天空へと突き抜けた。見えるはずのない沙織にも、そのヴィジョンが明確に認識できた。

冷たくなりかけた身を抱く玲ともども、沙織は清らかな光の中へと呑み込まれていく。

清らかな純白の世界に浸り、沙織は夢見心地でいた。そのうち、どこからか、子供の声が聞こえたような気がした。男の子と女の子のようだ。ふたりは沙織に、「生きよう」と訴えていた。必死で励ましているようであった。

やがて奇跡の光が去ると、玲は驚きに目を見張り、感動に打ち震えた。抱きかかえていた友は、穏やかで安らかな寝息を立てている。先刻までの死に瀕した顔ではなかった。奇跡だ！　玲は思った。これこそ、神代の昔から伝わる帝皇の奇跡だ。それはつまり、薫が帝を救い出したということにほかならない。

いつの間にか、戦いも終結している。多くの犠牲を出しながらも蹶起は成功したのだ。安堵色に染まる玲の頬を、熱い涙が止めどもなく伝う。ポタリと肌に落ちた雫の温もりをおぼろ気に感じ、沙織はとても幸せな眠りの中で、生きる力を漲《みなぎ》らせていくのだった。


流れる水のように、あるいは、湧き出る泉のように、光は宮殿のみならず宮城とその周囲を呑み込んでいく。多香魅に抱き締められた志朗に力強い鼓動を与え、玲の腕に抱かれた沙織の瞳に生気を甦らせ、本郷が救助した五月に安らかな寝息を立てさせる。傷つき倒れた近衛の少女達や国軍の将兵達の命を、この世に繋ぎ留めていく。それは、まさに奇跡の光であった。すべての人々は、その神々しい輝きに目を奪われ、刻は一瞬その流れを止めた。心洗われる輝きを目にした人々は、消え失せそうな命を救う祈りの言葉を耳にする。

自ら生きることを諦《あきら》めないで！　ともに生きよう！　生きるのだ！　その情熱が、死の淵で喘ぐ者達を現世に繋ぎ止めたのだ。そして、奇跡は完結する。

終章　誰がために鐘は鳴る

戦いが終わりを告げた宮城。ところどころ燻《くすぶ》る宮殿の一室に、薫と昭成の姿があった。

「もう大丈夫だ。よくぞ力を貸してくれた。かほの想いがなければうまくいかなかった」

昭成と心をひとつに結んだ薫は、奇跡の光に乗せて自らの意識を飛ばし、死の淵にいた大勢の者達を励まし救った。ようやく自分の身に意識を戻した時、肉体と精神の疲労は限界近かった。命と引き替えになるかもしれないとは、このことだったのだ。

だがそれも、昭成の力でことなきを得、今こうしてふたりは身を寄せ合っている。

そして薫は、奇跡を目の当たりにした感動と、昭成に抱き締められる嬉しさに、高ぶりを隠せなかった。これは夢ではないのだ。

ふたりは、どちらからともなく服を脱ぎ、全裸になってベッドへと横たわった。

薫は愛しい帝を見つめる。薫の胸は膨らみました。もう、女だとお認めいただけますよね。薫は少年にそっと身をあずける。笑顔を取り戻した少年は、そんな薫を優しく抱き締めた。10年前のあの日以来、ずっと想い描いて来たことが、ようやく実現される。胸の高鳴りと身体の火照りが、瑞々《みずみず》しい肌をとおして昭成に伝わっていく。

刻よ止まって欲しい……。

肩に置かれた手が背中にまわる。背中を抱いた右手が緩やかにヒップへと降り、丸い半球を撫《な》で、太腿《ふともも》をさする。背筋に電流が疾《はし》り、女芯《にょしん》が疼《うず》く。薫は考えることをやめた。愛する昭成にすべてを任せればいい。熱い吐息が端正な唇から洩《も》れる。下腹部の叢《くさむら》で硬いモノが蠢《うごめ》いた。少女は瞼《まぶた》を閉じ、少年の首もとに顔を埋める。左脚が持ちあげられ、開かれた花園に少年の分身が侵入する。クレヴァスをなぞるソレが、潤いを呼び起こす。睫毛《まつげ》を震わす薫は、少年の腰に足を絡め、来るべき瞬間を待った。

「んっ……！　んあっ！」

可憐《かれん》な花びらを割って、灼熱《しゃくねつ》の先端が挿入された。無垢《むく》な肉襞をかき分け、ゆっくりと確実に少年が薫の膣内《ちつない》に入って来る。

下腹部に鋭い痛みが疾った。美しい顔を歪《ゆが》め、きつく唇を噛み締める。

「薫、余の力の源はそなたの愛だ。即位してからずっとそなたの想いを感じていた。なのに、今まで何もしてやれなかった……。許せよ」

「そっ、そんな……、わ、わたしは……くぅっ！」

「口に出す必要はない……。余は心が読めるのだ」

薫はそっと瞼を開き、昭成は表情を引き締めた。

「そう、今こそ答えよう。愛している。妃《きさき》になってくれ」

「し……、昭成様……」

昭成の言葉に薫は涙を溢《あふ》れさせる。愛する昭成と結合したまま、子供のように泣きじゃくった。下腹部の痛みは鈍く落ち着き、少年の分身を根もとまで咥《くわ》え込む。

薫はあなた様の妻になります。瞳をあげて、涙に霞《かす》む瞳で求婚者を見つめる。

昭成はニッコリと微笑《ほほえ》んでいた。喜びが悦《よろこ》びへと変わっていく。

「ああ、昭成様……。はあんっ……んんっ……あっ、昭成様……はあっ、昭成様ぁ！」

ふたりは互いを熱く求め合い、身を重ね合う。

目眩《めまい》がするような恍惚《こうこつ》に、薫の肢体がビクンとのけ反った。

「あぁぁぁぁんんんっ！　昭成様ぁっ！」

体内が昭成の熱い想いに満たされた。


運命の日から数カ月の刻が流れ、初夏の風が帝都を渡る。

街中の鐘が祝福の音色を奏でていた。人々は互いに喜び合い、晴れ渡った青空に色とりどりの風船と花火が舞う。放たれた白い鳩の群れが、自由を謳歌《おうか》するように大空を飛びまわった。損壊した宮殿も、今ではほぼ完全に修復されている。太后システムは志朗の手で破壊され、皇家の秘密は国家の一大事として来るべき時まで封印されることとなった。真実は、一部の人々の記憶と歴史の闇の中に隠されたのである。国民には、太后の死と、参謀本部及び逮捕を潔しとせずに自殺した本間宮内大臣の謀反だけが伝えられた。そして今、太后の崩御という悲しい知らせは、帝の結婚という嬉しい知らせに変わっていた。

帝都は、いいや、帝国は、政治も軍も近衛《このえ》さえも、新しい時代の到来に改革を進めていた。近衛にとっての改革第1弾は、隊規の見直しだった。それによって、処女でなくとも在籍を認められることとなっていた。本郷憲兵少佐との結婚を間近に控えた連隊長・有馬五月大佐と、近衛連隊長代理に就任した玲が決めたことだった。

「あらぁ、玲。久しぶりィ〜っ！」

宮殿の中を歩く玲に陽気な声が届く。振り返った先には、正装した1組のカップルがにこやかに微笑んでいた。華やかなドレスに身を包んだ少女は、かつての同僚・沙織である。

彼女は蹶起《けっき》のあと近衛を去っていた。妊娠していることがわかったからだ。今まで何度か会った限り、一部の記憶が欠落している以外は元気そのものだった。沙織からは、蹶起に関する一切の記憶が消え去っていた。それはそれでいい。玲は素直にそう思う。

「恵美や南達は元気にしてる？」

「ああ。真理奈達もみんな元気だよ」

「ところでさぁ、どお？　このドレス、似合う？」

沙織は可愛らしくステップを踏んで見せた。

「ああ、よく似合ってるとも。それはそうと後ろの紳士は？」

「えへへ〜。あたしの旦那よ。結構イイ男でしょ？」

沙織は、1カ月前に見合い結婚していた。平凡な男性だが沙織にゾッコンらしく、妊娠の件も別段気にせずにいてくれた。沙織には、それが嬉しくて堪らないのだ。

「うん。幸せそうでなによりだ」

「赤ちゃんもできちゃったしね。あたしね、子供バンバン産むわ。男の子も女の子も。それでね、男の子と女の子が仲良く暮らせる家庭を作るの。いいでしょ？」

ニッコリ笑う沙織に玲は戸惑った。記憶のない沙織はすべてを受け入れているが、事実を知る玲は複雑な思いだった。

「ああ……、そうだな。沙織なら、いいお母さんになれるよ」

「でしょでしょ？　じゃあ、ちょっと旦那を案内してくるわね」

「沙織……」

「え？　なあに？」

「いや……。なんでもないよ」

ふっと笑って、玲はかぶりを振る。こんなに可愛らしい女性になった彼女に、何を言うことがあろうか。玲は、夫を連れてはしゃぐ沙織を眩《まぶ》しそうに見つめ、その場を歩き出した。すると忘れもしない青年将校の姿に足を止める。富士志朗少佐である。

「少佐殿、ご無沙汰《ぶさた》しております」

「やあ、玲さん」

「立花大尉とは、うまくいってらっしゃるんですか？」

玲の言葉に、志朗は苦笑いを浮かべる。

「そのご様子では、まだ身辺整理がつかず、立花大尉を泣かせているようですね」

「そんなことないですよ。多香魅さんは、そういう女性じゃありません。あなただっておわかりでしょう？」

のろけのようなセリフを吐く志朗に、玲はそっと身を寄せた。悪戯《いたずら》っぽく「ふぅ〜ん」と鼻を鳴らした玲が、唐突にしおらしい囁《ささや》きを洩らす。

「実は少佐、わたし、ないんです。あれからずっと……。一度も……」

「何がですか？」

「決まってるじゃないですか！　生理ですよ……。セ・イ・リ。だから、いいでしょ？」

「な……、何が……？」

うろたえる志朗に、玲はいつもの不敵な笑みを見せた。

「もちろん産んでも。というか、わたし絶対に産みます。だって、少佐の子供ですもん」

身を擂り寄せる少女は、自分の胎内で芽生えようとする生命に、先刻の沙織とは別の感情を抱いていた。憎き敵であった志朗。自分の純潔を奪った志朗。だが彼が背負った宿命を薫から聞いた玲は、もう憎む気にはなれなかった。

「玲さん……。もしかして……、それって多香魅さんには……」

「言ってませんよ。内緒です。わたしと志朗さんの……」

玲にしてみれば、ライバルであった多香魅への当てつけでもあったろう。ただ、そんな三角関係も、死線をくぐったあとだけに、心をウキウキとさせるものであった。

「まあ、いつかバレた時は責任取ってもらうかもしれませんけど、ねっ！」

言いながら、玲は志朗の鳩尾《みぞおち》に拳《こぶし》を見舞う。顔をしかめる青年は、その一発が彼女のなりの愛情表現だと知っていた。玲とは、そういう少女なのだ。

「じゃあ、失礼」

軽く会釈した玲は、自分の心が妙に晴れ晴れとしていくのを感じていた。

玲と入れ違いに、志朗を見かけた多香魅が嬉しそうに駆け寄って来る。

「志朗さん。今、安藤大尉と話してませんでした？」

「あ……、ああ。ちょっとね」

鳩尾をさすりながら、志朗は愛想よく笑った。一方の多香魅も微笑んではいるが、その眼差しには、どことなく疑いの色が宿っている。

「もしかして、また浮気してたの？」

「滅相もない」

志朗が優しく多香魅の腰を抱くと、深く澄んだ瞳が覗《のぞ》き込んでくる。

「ホントに？」

「ホントです」

「じゃあ、キスして……」

そっと首に腕をまわし、多香魅は瞼を閉じる。志朗は軽く口づけをして、愛しい少女を熱く抱き締めるのだった。


結婚式の準備に追われる宮殿と同様に、近衛連隊本部も式典の準備に活気づいていた。

その喧噪の中、本部駐屯地の一画に建てられた真新しい石碑の前にたたずむ少女が、花束を供えていた。石碑にはめ込まれたプレートには、21人の少女の名が刻まれている。

そのひとりひとりの名を目で追いながら、百合の胸に感無量の想いが込みあげた。思わず泣き出しそうになると、不意に背後から声がした。

「お～い、野中曹長……、じゃなかった、野中士官候補生」

相手は、第1中隊長の磯村美里中尉と作戦部副官の渡辺芹香少尉である。

蹶起のあと、百合は特例として士官学校への推薦を受けた。今の彼女は連隊長代理附下士官でも第1大隊副官でもなく、士官候補生である。

「花をお供えしてたの？」

芹香の言葉に頷《うなず》く少女は、目尻に溜めたひと雫《しずく》の涙をこぼした。

「我々も添えようと思ったんだけど、どんな花がいいか迷っちゃってね」

「ユリの花がいいと思います」

百合がニッコリ笑って言う。

「でも、ユリって種類も色も多いでしょ？」

「白ユリですよ。薫様ならきっとそうすると思います」

「そうね」美里も感慨深げに頷く。「白ユリは近衛のエンブレムだしね」

「はい。みんな近衛を愛していましたから」

3人の胸に温かな想いが満ちる。

「うん。じゃあ行こう。向こうで、みんなが待ってるから」

百合は大きく頷いて立ちあがった。


昭成11年6月5日。大ジャポン帝国昭成帝皇、ご成婚。眩しいジューンブライドは伯爵令嬢である。整列する近衛将兵の通路をとおり、儀礼衣装に身を包んだ薫と昭成は玉座へと進んだ。薫が昭成に微笑みかける。昭成が微笑み返す。ふたりは幸せそのものだった。

祝砲の鳴り響く宮城に戦禍の面影はない。その北面に位置する近衛連隊本部駐屯地の前庭中央、白ユリの花で囲まれた戦没者の碑だけが、蹶起の跡を物語っていた。碑に刻まれた21名の下士卒の少女達、義士として散った汚れなき白ユリ達だけが……。

帝都に発したひとつの大きなうねりは治まった。しかし刻の大河は流れ続ける。新しい時代の新たなうねりが待ち構えている。動乱の時代は、幕を開けたばかりなのだ。

だから今は束の間の平和を満喫しよう。自らの運命を切り開いた人々とともに。


〈FIN〉

あとがき

パラダイムノベルスの読者のみなさん、お久しぶりです。

今回『帝都のユリ』をノベライズ化するにあたり、ボクとしては少々複雑な気持ちでした。なぜかというと、そもそも『帝都のユリ』という作品は、6年ほど前にボクの小説デビュー作として発表されたものだからです。諸々の事情があって、単行本にならなかったこの作品ですが、スィートバジルさんからソフト化していただき、結果としてパラダイムさんからノベライズという形で単行本化されたわけです。そのため、原作ともソフトともちょっと違ったものになったのではないかと思います。いずれにしても、今世紀最後の年に世に出せたというのは、作品の内容を鑑みると、なかなか感慨深いものがありますネ。

私事ですが、ソフトのシナリオとノベライズ化の作業中に、ふたりの祖父が相次いでこの世を去りました。激動の20世紀を生きた祖父達が、その最後の年に息を引き取り、同じ年に『帝都のユリ』が一応の完結をみたことは、何か象徴的な感じがします。旧い時代の終わりと新しい時代の到来。それはこの作品で描いたテーマのひとつですから……。

来年は、いよいよ21世紀。来るべき新世紀は、どんな時代なんでしょう?

願わくば、今後とも読者のみなさんと末永いおつきあいができればと思います。

2000年6月　布施　はるか

帝都のユリ

2000年7月1日 初版第1刷発行

著　者　布施 はるか
原　作　スィートバジル
イラスト　相川 亜利砂

発行人　久保田 裕
発行所　株式会社パラダイム
〒166-0011 東京都杉並区梅里2-40-19
ワールドビル202
TEL03-5306-6921 FAX03-5306-6923

装　丁　林 雅之
印　刷　株式会社シナノ

乱丁・落丁はお取り替えいたします。
定価はカバーに表示してあります。

既刊ラインナップ

1 悪夢 ～青い果実の散花～
原作:スタジオメビウス
2 脅迫
原作:アイル
3 痕 ～きずあと～
原作:リーフ
4 慾 ～むさぼり～
原作:May-Be SOFT TRUSE
5 黒の断章
原作:Abogado Powers
6 淫従の堕天使
原作:DISCOVERY
7 Esの方程式
原作:Abogado Powers
8 歪み
原作:May-Be SOFT TRUSE
9 悪夢 第二章
原作:スタジオメビウス
10 瑠璃色の雪
原作:アイル
11 官能教習
原作:テトラテック
12 復讐
原作:クラウド
13 淫Days
原作:ルナーソフト
14 お兄ちゃんへ
原作:ギルティ
15 緊縛の館
原作:XYZ

16 密猟区
原作:ZERO
17 淫内感染
原作:ジックス
18 月光獣
原作:ブルーゲイル
19 告白
原作:ギルティ
20 Xchange
原作:クラウド
21 虜2
原作:ディーオー
22 飼
原作:13cm
23 迷子の気持ち
原作:フォスター
24 ナチュラル ～身も心も～
原作:フェアリーテール
25 放課後はフィアンセ
原作:スィートバジル
26 骸 ～メスを狙う顎～
原作:SAGA PLANETS
27 朧月都市
原作:GODDESSレーベル
28 Shift!
原作:Trush
29 いまじねぃしょんLOVE
原作:U・Me SOFT
30 ナチュラル ～アナザーストーリー～
原作:フェアリーテール

31 キミにSteady
原作:ディーオー
32 ディヴァイデッド
原作:シーズウェア
33 紅い瞳のセラフ
原作:Bishop
34 MIND
原作:まんぼうSOFT
35 錬金術の娘
原作:BLACK PACKAGE
36 凌辱 ～好きですか？～
原作:アイル
37 My dearアレながおじさん
原作:ブルーゲイル
38 狂＊師 ～ねらわれた制服～
原作:クラウド
39 UP!
原作:メイビーソフト
40 魔薬
原作:FLADY
41 臨界点
原作:スィートバジル
42 絶望 ～青い果実の散花～
原作:スタジオメビウス
43 美しき獲物たちの学園 明日菜編
原作:ミンク
44 淫内感染 ～真夜中のナースコール～
原作:ジックス
45 My Girl
原作:Jam

定価 各860円+税

〈パラダイムノベルス新刊予定〉

☆話題の作品がぞくぞく登場！

92.同心

クラウド　原作

雑賀匡　著

駿河家の美人三姉妹には不思議な能力があった。それは肉体に強い刺激を受けると、お互いの意識が通じてしまうのだった！

94.Kanon

～日溜まりの街～

Key　原作

清水マリコ　著

祐一は商店街で、捜し物をしている少女「あゆ」と出会う。大好評の『kanon』シリーズ、感動の最終巻。

95.贖罪の教室

ruf　原作

黒猫文治　著

平松七瀬はごくふつうの女子校生。だが父親が殺人事件に関わったことから、学校で性的なイジメにあうようになってしまう…。